CATALOGUE
DE LIVRES

PRINCIPALEMENT SUR LE THÉATRE
DE SUITES DE VIGNETTES
DE MANUSCRITS ET DE LETTRES AUTOGRAPHES

COMPRENANT

LES PAPIERS DE BEAUMARCHAIS

DONT LA VENTE AURA LIEU

Les Jeudi 17, *Vendredi* 18 *et Samedi* 19 *Février* 1881

Hôtel des commissaires-priseurs, rue Drouot, 9
Salle n° 3

Par le ministère de Me Maurice **DELESTRE**, commissaire-priseur
Successeur de Me Delbergue-Cormont
Rue Drouot, 27.

PARIS
ADOLPHE LABITTE
LIBRAIRE DE LA BIBLIOTHÈQUE NATIONALE
4, rue de Lille, 4

Et pour les Autographes
ÉTIENNE CHARAVAY
ARCHIVISTE PALÉOGRAPHE ET EXPERT
Rue de Seine, 51

1881

PARIS

TYPOGRAPHIE GEORGES CHAMEROT

19, RUE DES SAINTS-PÈRES, 19

CATALOGUE
DE LIVRES
PRINCIPALEMENT SUR LE THÉATRE
DE SUITES DE VIGNETTES
DE LETTRES AUTOGRAPHES ET DE MANUSCRITS

COMPRENANT

LES PAPIERS DE BEAUMARCHAIS

ORDRE DES VACATIONS

Première Vacation.

Jeudi 17 février 1881. . . . . 1 à 194

Deuxième Vacation.

Vendredi 18 février . . . . 195 à 388

Troisième Vacation. — Samedi 19 *février* 1881.

Suites de vignettes. . . . . 391 à 452
Lettres autographes.. . . . . 1 à 78
Copie des Lettres de Voltaire.
Papiers de Beaumarchais. 11 volumes in-folio.

CONDITIONS DE LA VENTE

La vente se fait expressément au comptant.

Les acquéreurs paieront cinq pour cent en sus des enchères applicables aux frais.

Il y aura exposition, chaque jour de vente, à 1 heure.

Les réclamations devront être faites dans les vingt-quatre heures de l'adjudication ; passé ce délai ou une fois sortis de la salle de vente, les articles adjugés ne seront repris pour aucune cause.

Les libraires chargés de la vente rempliront les commissions des personnes qui ne pourraient y assister.

Paris. — Typ. G. Chamerot, 19, rue des Saints-Pères. — 10512.

CATALOGUE
DE LIVRES

PRINCIPALEMENT SUR LE THÉATRE
DE SUITES DE VIGNETTES
DE MANUSCRITS ET DE LETTRES AUTOGRAPHES

COMPRENANT

LES PAPIERS DE BEAUMARCHAIS

DONT LA VENTE AURA LIEU

Les Jeudi 17, *Vendredi* 18 *et Samedi* 19 *Février* 1881

Hôtel des commissaires-priseurs, rue Drouot, 9

Salle n° 3

Par le ministère de Me Maurice **DELESTRE**, commissaire-priseur

Successeur de Me Delbergue-Cormont

Rue Drouot, 27.

PARIS

ADOLPHE LABITTE

LIBRAIRE DE LA BIBLIOTHÈQUE NATIONALE

4, rue de Lille, 4

Et pour les Autographes

ÉTIENNE CHARAVAY

ARCHIVISTE PALÉOGRAPHE ET EXPERT

Rue de Seine, 51

1881

CATALOGUE

DE LIVRES

PRINCIPALEMENT SUR LE THÉATRE DE SUITES DE VIGNETTES DE MANUSCRITS ET DE LETTRES AUTOGRAPHES

COMPRENANT

LES PAPIERS DE BEAUMARCHAIS

THÉOLOGIE

---

1. L'Imitation de Jésus-Christ, traduction nouvelle avec des réflexions à la fin de chaque chapitre, par M. l'abbé F. de Lamennais, nouvelle édition ornée de vignettes. *Paris*, *Garnier fr.*, 1865. In-8, demi-rel. avec coins mar. rouge, fil. tr. supér. dor. n. rog. (*Allô.*)

Exemplaire sur papier de Hollande.

2. Œuvres choisies de Massillon, nouvelle édition, accompagnée de notes et précédée d'une étude sur Massillon, par M. Godefroy. *Paris, Garnier fr.*, 1868. 2 vol. in-8, portrait, br.

3. Lettres escrites a un provincial, par un de ses

amis (Blaise Pascal). *Sans titre* (23 janvier 1656 au 24 mars 1657). In-4, parch. antiq.

Édition originale des 18 lettres publiées clandestinement. On a ajouté à la suite plusieurs pièces de polémique relatives à la publication de ces lettres.

4. Oraison funèbre du grand Condé, par J.-B. Bossuet, évêque de Meaux (publiée par les soins de M. Emm. Bocher). *Paris, D. Morgand et Ch. Fatout (impr. de Georges Chamerot)*, 1879. In-4, papier de Hollande, portrait et planches gravées par A. Didier, d'après les dessins de Lechevallier-Chevignard, br.

5 Journal du Concile de Trente, rédigé par un secrétaire vénitien présent aux sessions de 1562 et publié par Arm. Baschet. *Paris, H. Plon*, 1870. Pet. in-8, demi-rel. avec coins mar. bleu, jans. tr. supér. dor. éb. (*Brany.*)

6. Mémoires pour servir à l'histoire de la fête des foux, qui se faisoit autrefois dans plusieurs églises, par M. du Tillot. *A Lauzanne et à Genève*, 1751. In-12, figures, v. antiq. marbr.

SCIENCES

---

7. Nouvelle Collection des moralistes anciens, publiée sous la direction de M. Lefèvre. *Paris, Victor Lecou*, 1850. 17 vol, in-16, demi-rel. mar. la Vall. jans. tr. supér. dor. éb.

La Morale du Chou-King, ou le Livre sacré de la Chine. — Pensées de Platon. — Le Phédon, ou de l'Immortalité de l'âme, traduit du grec de Platon, par Dacier. — Cicéron, Traité des devoirs. — Morale de Zoroastre. — Les Lois religieuses, morales et civiles de Manou. — Pensées morales de

Confucius et de divers auteurs chinois. — Moralistes grecs, Épictète, Cébès, Théognis, etc. — Morale de Moïse, David, Salomon, Job, Isaïe, etc. — Morale de Jésus-Christ et des Apôtres, 2 vol. — Les Lois de Mahomet, 2 vol. — Pensées de l'empereur Marc-Aurèle Antonin, 2 vol. — Les Entretiens de Socrate, 2 vol.

8. Bartholomæus Anglicus, de ordine fratrum minorum, de proprietatibus rerum. *S. l. n. d.* In-fol. goth.

Édition sans chiffres ni réclames, gothique, à 2 colonnes, 246 feuilles. Elle est attribuée à Ulric Zell.

9. Essais de Montaigne, nouvelle édition. *Paris, Desoer*, 1818. In-8, texte à 2 colonnes, portrait. — La Vie publique de Michel Montaigne, étude biographique par Alph. Grün. *Paris, Amyot*, 1855, in-8. — Notice biographique sur Montaigne, par J.-F. Payen. *Paris, Duverger*, 1837. In-8 de 76 pages. — Les Essais de Michel de Montaigne. Leçons inédites recueillies par un membre de l'Académie de Bordeaux. *Paris, Techener*, 1844. In-8, de 51 pages. — Documents inédits ou peu connus sur Montaigne, recueillis et publiés par le Dr J.-F. Payen. *Paris, Techener*, 1847. In-8, 44 pages, papier de Hollande, portrait et fac-similé. — Nouveaux Documents inédits ou peu connus sur Montaigne, recueillis et publiés par le Dr J.-F. Payen. *Paris, P. Jannet*, 1850. In-8 de 66 pages, fac-similé. — Recherches sur Montaigne. Documents inédits, recueillis et publiés par le Dr J.-F. Payen. (N° 4.) *Paris, J. Techener*, 1856. In-8, papier de Hollande (on y a joint une lettre autographe signée du Dr Payen). — Etienne de la Boétie, ami de Montaigne. Etude sur sa vie et ses ouvrages, par Léon Feugère. *Paris, J. Labitte*, 1845. — Ens. 9 vol. in-8, demi-rel. avec coins mar. rouge, jans. tr. supér. dor. n. rog. (*Brany. Reliures uniformes.*)

10. Les Essais de Montaigne, accompagnés d'une notice sur sa vie et ses ouvrages, d'une étude bibliographique, de variantes, de notes, de tables

et d'un glossaire, par E. Courbet et Ch. Royer. *Paris, Alph. Lemerre,* 1872-1877. 4 vol. in-8, écu, br.

Un des 26 exemplaires tirés sur PAPIER WHATMAN.

11. Réflexions, ou sentences et maximes morales de la Rochefoucauld, texte de 1665 et de 1678, revus par Ch. Royer. *Paris, Alph. Lemerre,* 1870. In-12, papier de Hollande, portrait gravé à l'eau-forte, broch.

12. OEuvres de la Rochefoucauld, nouvelle édition revue sur les plus anciennes impressions et les autographes, par M. D.-L. Gilbert. *Paris, L. Hachette,* 1868-1874. 2 vol. in-8, br.

De la collection des *Grands Écrivains de la France.*
Exemplaire sur GRAND RAISIN VÉLIN COLLÉ.

13. Le premier texte de la Bruyère, publié par D. Jouaust. *Paris, Jouaust,* 1868. In-12 br.

Exemplaire sur PAPIER DE CHINE.

14. OEuvres de la Bruyère, nouvelle édition, publiée par M. G. Servois. *Paris, L. Hachette,* 1865-1870. 3 tomes en 4 vol. in-8, br.

De la collection des *Grands Écrivains de la France.*
Exemplaire sur GRAND RAISIN VÉLIN COLLÉ.

15. OEuvres complètes de J. de la Bruyère, nouvelle édition, publiée par A. Chassang. *Paris, Garnier, fr.,* 1876. 2 vol. in-8, portrait, br.

16. Considérations sur les mœurs de ce siècle, par M. Duclos, historiographe de France. *Londres (Cazin),* 1784. In-18, portrait de l'auteur, gravé par Delvaux d'après Cochin, demi-rel. bas. n. r.

17. La Décade philosophique, littéraire et politique, par une société de républicains. *Paris (29 avril 1794 au 30 fructidor an XII).* 42 vol. in-8, demi-rel. bas.

La Décade philosophique est le premier recueil qui sortit des orages de notre Révolution. Il eut pour fondateur Ginguené.
Journal estimé et dont les collections complètes sont peu communes.

18. Almanach de poche, ou Abrégé curieux de tout ce qui concerne le commerce du monde. *A Paris, chez Antoine Warin,* 1710. In-32, v. marbr.

Joli frontispice gravé, représentant le duc et la duchesse de Bourgogne.

19. Léon de Fos. Gastronomiana, proverbes, aphorismes, préceptes et anecdotes en vers, précédés de notes relatives à l'histoire de la table, par Georges d'Heilly. *Paris, Rouquette,* 1870. In-12, demi-rel. avec coins mar. grenat, tr. supér. dor. n. rog. (*Brany.*)

Un des 40 exemplaires tirés sur papier vergé de Hollande.

20. Les Armes et le Duel, par A. Grisier, dessins par E. de Beaumont. *Paris, Garnier fr.,* 1847. In-8, figures, demi-rel. v. rose, tr. marbr.

21. Leçons d'armes, par Cordelois. Du Duel et de l'Assaut, édition illustrée de 28 planches et de 42 figures représentant les diverses positions de l'escrime, gravées sur acier par M. Brown. *Paris, chez l'auteur,* 1862. Gr. in-8, figures, br.

22. J. Charlemont. La Boxe française. Traité théorique et pratique. *Bruxelles, J. Rosez,* 1877. In-8, papier vergé de Hollande, nombr. vignettes interc. dans le texte, br.

23. Même ouvrage, même édition, même condition.

Exemplaire sur PAPIER DE CHINE.

24. De la Prostitution dans la ville de Paris, par A.-J.-B. Parent-Duchâtelet, 3e édition complétée par des documents nouveaux et des notes par MM. A. Trébuchet et Poirat-Duval. *Paris, J.-B. Baillière,* 1857. 2 vol. in-8, portrait, demi-rel. v. f. tr. supér. dor. n. rog.

BEAUX-ARTS

---

25. Causeries d'un curieux, variétés d'histoire et d'art, tirées d'un cabinet d'autographes et de dessins, par F. Feuillet de Conches. *Paris, H. Plon,* 1862-1868. 4 vol. in-8, demi-rel. avec coins mar. la Vall. jans. tr. supér. dor. éb.

Bel exemplaire.

26. Les Émaux de Petitot du Musée impérial du Louvre. Portraits de personnages historiques et de femmes célèbres du siècle de Louis XIV, gravées au burin par M. L. Ceroni. *Paris, Blaisot,* 1862. 2 vol. in-4, portraits, demi-rel. avec coins mar. bleu, dos orné, fil. tr. supér. dor. éb. (*Raparlier.*)

Bel exemplaire sur papier de Hollande, avec les épreuves AVANT LA LETTRE sur chine.

27. Histoire de la caricature et du grotesque dans la littérature et dans l'art, par Thomas Wright, traduction d'Octave Sachot, 2e édition illustrée de 238 gravures intercalées dans le texte, notice par Amédée Pichot. *Paris, Ad. Delahays,* 1875. Gr. in-8, figures, br.

28. Gavarni, l'homme et l'œuvre, par Edm. et Jules de Goncourt, ouvrage enrichi du portrait de Gavarni, gravé à l'eau-forte par Flameng, d'après un dessin de l'artiste, et d'un fac-similé d'autographe. *Paris, H. Plon,* 1873. In-8, portrait, cart. en percal. n. rog.

29. Champfleury. Henry Monnier, sa vie, son œuvre, avec un catalogue complet de l'œuvre et

cent gravures fac-similés. *Paris, E. Dentu*, 1879. In-8, figures, br.

30. Les Grands Poètes français, portraits authentiques, autographes, fac-similés des éditions originales, notices et extraits, par Alph. Pagès. *Paris, libr. de l'Écho de la Sorbonne*, 1874. Gr. in-8, portraits, cart. en perc. bleue, n. rog.

31. Iconographie voltairienne, histoire et description de ce qui a été publié sur Voltaire par l'Art contemporain, par Gust. Desnoiresterres. *Paris, Didier*, 1879. In-4, papier vergé de Hollande, portraits.

Exemplaire en feuilles.

32. Almanach de Gotha, contenant diverses connaissances curieuses et utiles pour l'année 1789. *Gotha, chez C.-G. Ettinger*. In-32, frontispice, titre et figures, cart. tr. dor.

Curieux petit volume; en tête on trouve 4 planches gravées, représentant les coiffures de Paris (chapeaux à la Tarare); les autres gravures représentent les traits caractéristiques de Frédéric le Grand, roi de Prusse; elles sont gravées par Geyser, d'après les dessins de D. Chodowieki.

33. Paris à l'eau-forte, actualité, curiosité, fantaisie. *Paris*, 1873 *à septembre* 1876. 4 années en 5 vol. gr. in-8, figures, cart. en percal. verte, n. rog.

34. La Vie moderne, journal hebdomadaire illustré, artistique et littéraire. *Paris, Charpentier*, 1879-1880. Livraisons in-fol. gravures.

1re année complète (moins la 5me livrais.) et les 14 premiers numéros de la seconde année.

35. Mémoires, ou Essais sur la musique, par le Cen Grétry. *A Paris, de l'imprimerie de la République, an V*. 3 vol. in-8, portrait, bas. rac.

36. Histoire du théâtre de l'Académie royale de musique en France, depuis son établissement jusqu'à présent (par Durey de Noinville). *Paris*,

Duchesne, 1757. In-8, frontispice, v. marbr. — De l'Opéra en France, par M. Castil-Blaze. *Paris, Janet et Cotelle*, 1820. 2 vol. in-8, br. — L'Académie impériale de musique, de 1645 à 1855, par Castil-Blaze. *Paris*, 1855. 2 vol. br. ens. 5 vol.

37. Chroniques secrètes et galantes de l'Opéra, 1667-1845, par G. Touchard-Lafosse. *Paris, Gabr. Roux*, 1846. 4 vol. in-8, br.

BELLES-LETTRES

I. LINGUISTIQUE

38. Dictionnaire historique de l'ancien langage françois, ou Glossaire de la langue françoise, depuis son origine jusqu'au siècle de Louis XIV, par La Curne de Sainte-Palaye, publié par les soins de L. Favre et Pajot. *Paris, Champion, s. d.* 27 livraisons in-4, papier des Vosges, texte à 2 col.

Fascicules 43 à 69.

39. Dictionnaire de la langue française. Abrégé du Dictionnaire de E. Littré, par A. Beaujean. *Paris, L. Hachette*, 1875. Gr. in-8, texte à 2 col. cart. en percal. grise, n. rog.

40. Dictionnaire analogique de la langue française, répertoire complet des mots par les idées et des

idées par les mots, par P. Boissière. *Paris, Aug. Boyer, s. d.* Fort vol. in-8, texte à 2 col. demi-rel. chagr. vert, plats toile, tr. jasp.

41. Dictionnaire des Synonymes de la langue française, etc., par M. Lafaye. *Paris, L. Hachette*, 1858. Fort vol. gr. in-8, texte à 2 col. br.

42. Nouveau Dictionnaire universel. Panthéon littéraire et encyclopédie illustrée, par Maurice Lachâtre. *Paris, s. d.* 2 vol. in-4, texte à 3 col. nombr. vign. int. dans le texte, demi-rel. chagr. noir, plats toile, tr. jasp.

43. GRAND DICTIONNAIRE UNIVERSEL DU XIXe SIÈCLE, par M. Pierre Larousse. *Paris, Larousse et Boyer.* 1866-1875. 14 vol. gr. in-4, texte à 4 col. demi-rel. avec coins mar. rouge, tr. supér. dor. n. rog.

Les tomes IX, X et XI sont en demi-rel. parch. rouge, tête dor. n. rog.

II. POÉSIE

44. Homère. Iliade et Odyssée, traduction nouvelle par Leconte de Lisle. *Paris, Alph. Lemerre (imprimerie Jouaust)*, 1868. 2 vol. in-8, papier de Hollande, vélin blanc, titre calligr. en coul. et or. sur le dos, n. rog.

45. Les Poètes français, recueil des chefs-d'œuvre de la poésie française, depuis les origines jusqu'à nos jours, avec une notice littéraire sur chaque poète, précédé d'une introduction par M. Sainte-Beuve, publié sous la direction de M. Eug. Crépet. *Paris, Gide (impr. de J. Claye)*, 1861. 4 vol. in-8, papier de Hollande, demi-rel. avec coins mar. la Vall. dos orné, fil. tr. supér. dor. n. rog.

46. OEuvres complètes de Rutebeuf, trouvère du XIIIe siècle, recueillies et mises au jour pour la première fois, par Achille Jubinal, nouvelle édition revue et corrigée. *Paris, P. Daffis*, 1874-1875. 3 vol. in-12, br.

Exemplaire sur PAPIER DE CHINE.

47. Le Pas d'armes de la Bergère maintenu au tournoi de Tarascon, publié d'après le manuscrit de la Bibliothèque du roi, avec un précis de la chevalerie et des tournois et la relation du carrousel exécuté à Saumur en présence de S. A. R. Madame, duchesse de Berry, le 20 juin 1828, par G.-A. Crapelet, imprimeur. *Paris, de l'imprimerie de Crapelet*, 1835. Gr. in-8, papier vélin, figure, demi-rel. avec coins mar. vert, fil. tr. supér. dor. éb. (*Brany.*)

48. Recueil des poésies françoises des XVe et XVIe siècles, morales, facétieuses, historiques, réunies et annotées par MM. Anat. de Montaiglon et J. de Rothschild. *Paris, P. Daffis*, 1875-1878. 4 vol. in-12 (tomes X à XIII), br.

Exemplaire sur PAPIER DE CHINE.

49. OEuvres de Clément Marot, annotées, revues sur les éditions originales et précédées de la vie de Clément Marot, par Charles d'Héricault. *Paris, Garnier fr.* 1867. In-8, portrait, br.

50. OEuvres choisies de P. de Ronsard, avec notices, notes et commentaires, par C.-A. Sainte-Beuve, nouvelle édition, revue et augmentée par M. L. Moland. *Paris, Garnier fr.*, 1879. In-8, portrait, broch.

51. Notice biographique sur Joachim du Bellay, par Ch. Marty-Laveaux. *Paris, Alph. Lemerre*, 1867. In-8, de 40 pages, cart.

Extrait du premier volume de la *Pléiade françoise*.

52. OEuvres poétiques de Remy Belleau, avec une

notice biographique et des notes, par Ch. Marty-Laveaux. *Paris, Alph. Lemerre,* 1878. 2 vol. pet. in-8, papier vergé, br.

53. Les Gayetez d'Olivier de Magny, texte original avec notice, par E. Courbet. — Les Quatrains de Pibrac, suivis de ses autres poésies, avec une notice par Jules Claretie. *Paris, Alph. Lemerre,* 1871-1874. Ens. 3 vol. in-12, br.

54. OEuvres choisies de Malherbe, avec des notes de tous les commentateurs, édition publiée par L. Parrelle. *Paris, Lefèvre* (*impr. de Jules Didot*), 1825. 2 vol. gr. in-8, portrait, demi-rel. avec coins mar. rouge, fil. tr. supér. dor. éb. (*Brany.*)

Bel exemplaire en GRAND PAPIER JÉSUS VÉLIN.

55. Les Chansons folastres et récréatives de Gaultier Garguille, comesdien ordinaire de l'Hostel de Bourgongne, nouvellement revues, corrigées et augmentées oultre les précédentes impressions. *Paris, Claudin,* 1858. In-12, portrait, demi-rel. avec coins mar. jonq. jans. tr. supér. dor. n. rog.

Exemplaire sur PAPIER CHAMOIS.

56. Clovis, ou la France chrestienne, poème héroïque, par J. Desmarests. *Paris, chez Aug. Courbé et H. Le Gras,* 1657. In-4, figures, v. brun.

57. OEuvres de Boileau-Despréaux, texte de 1701, avec notice, notes et variantes, par Alphonse Pauly. *Paris, Alph. Lemerre,* 1875. 2 vol. in-12, portrait gravé à l'eau-forte, br.

Exemplaire sur PAPIER WHATMAN.

58. OEuvres de J. de la Fontaine, d'après les textes originaux, suivies d'une notice sur sa vie et ses ouvrages, d'une étude bibliographique, de notes, de variantes et d'un glossaire, par Alph. Pauly. *Paris, Alph. Lemerre,* 1877. 4 vol. in-8, portrait

de la Fontaine gravé à l'eau-forte par Le Rat, br.
Un des 25 exemplaires sur PAPIER WHATMAN.

59. Fables de J. de la Fontaine, avec notice et notes, par Alphonse Pauly. *Paris, Alph. Lemerre*, 1868. 2 vol. in-12, sur papier Turkey-Mill, portrait-frontispice par Braquemond, gravé à l'eau-forte, br.

60. Contes et Nouvelles en vers, par Jean de la Fontaine. *Rouen, chez J. Lemonnyer*, 1879. 2 vol. pet. in-8, papier de Hollande, portrait et vignettes gravées, br. — Contes et Nouvelles en vers, par Voltaire, Vergier, etc. *Rouen*, 1878. 2 vol. pet. in-8, papier vergé de Holl. vignettes gr. br.

61. Poésies de Benserade, publiées par Octave Uzanne. *Paris, libr. des Bibliophiles*, (*impr. D. Jouaust*), 1875. Pet. in-8, papier de Hollande, frontispice à l'eau-forte par Ad. Lalauze, br.

62. OEuvres de J.-B. Rousseau, avec une introduction sur sa vie et ses ouvrages et un nouveau commentaire, par Antoine de Latour. *Paris, Garnier fr.*, 1869. In-8, portrait, br.

63. Petits Poètes du XVIIIe siècle. — Poésies et OEuvres diverses du chevalier Antoine Bertin, avec une notice bio-bibliographique, par Eug. Asse. — Poésies choisies et pièces inédites d'Alexis Piron, avec une notice bio-bibliographique par Honoré Bonhomme. — Poésies et lettres facétieuses de Joseph Vadé, avec une notice bio-bibliographique, par Georges Lecocq. *Paris, A. Quantin, imprimeur-éditeur*, 1879. 3 vol. pet. in-8 carrés, papier vergé, portraits et vignettes gr. br.

64. Voltaire. La Pucelle d'Orléans, poème en vingt et un chants. *Rouen, chez J. Lemonnyer*, 1880. 2 vol. pet. in-8, papier vergé, portraits et vignettes gravées, br.

65. OEuvres complètes de Bernard. (*Londres, Paris, Cazin*, 1777). In-18, joli titre gravé par Marillier, cart. n. rog.

66. OEuvres d'Évariste Parny. *A Paris, chez Debray, de l'imprimerie de P. Didot l'aîné*, 1808. 5 vol. pet. in-12, jolie demi-rel. avec coins mar. vert clair, jans. tr. supér. dor. éb.

67. Le Fond du sac (composé par Fél. Nogaret), recueil de contes en vers. *Rouen, chez J. Lemonnyer*, 1879. 2 vol. pet. in-8, papier de Hollande, frontispice et vignettes gravées, br.

68. Almanach littéraire, ou Étrennes d'Apollon, par M. d'Aquin de Château-Lyon. *Chez tous les libraires, Paris*, 1780-1782-1784-1787-1792. Ens. 5 vol. in-12, br.

69. Le Vengeur des rois, poème en six chants, et autres pièces relatives à la Révolution françoise, par M. Clémenceau, magistrat, chef de justice en France, émigré pour Dieu et le roi. *A Londres, chez A. Dulau*, 1081 (1801). In-8, mar. rouge, dos fleurdelisé, fil. tr. dor. (*Reliure ancienne.*)

70. Mélanges de poésies (par Janson). *A Paris, aux dépens de l'auteur et pour ses amis, sous la direction d'Antoine Bailly, an IX* (1801). In-12, papier vélin, portrait, mar. rouge doublé de tabis, tr. dor. (*Bozérian.*)

71. Le Mérite des femmes, nouvelle édition, augmentée de poésies inédites, par Legouvé. *Paris, L. Janet*, 1824. In-16, figures, jolie demi-rel. avec coins mar. vert clair, dos orné, fil. tr. supér. dor. n. rog. (*Hardy-Mennil.*)

Édition ornée d'un frontispice et 4 figures de Devéria *sur chine avant la lettre*, un portrait de l'auteur, une figure de Desenne, et un dessin au crayon signé : *L. Massard*.

72. OEuvres poétiques de Lamartine. *Paris, Furne-*

Jouvet, Pagnerre, Hachette, 1875-1879. 6 vol. in-12, papier vélin, filets rouges, vignettes gravées, br.

Méditations poétiques. — Harmonies poétiques et religieuses. — Jocelyn. — La Chute d'un ange. — La Mort de Socrate. — Recueillements poétiques.

73. Aurélien Scholl. Denise, historiette bourgeoise. *Paris, Ledoyen*, 1857. In-32, jolie demi-rel. avec coins mar. bleu, dos orné, fil. tr. supér. dor. n. rog. (*Raparlier.*)

74. Péchés véniels, par Albert Millaud. *Paris, Libr. de l'Académie des Bibliophiles* (*typogr. Alcan-Lévy*), 1868. In-16, vélin blanc, titre calligr. en coul. sur le dos, tr. sup. dor. n. rog. (*Raparlier.*)

Un des 4 exemplaires sur PAPIER WHATMAN.

75. Rhapsodies, par Pétrus Borel. *Bruxelles, J. Blanche*, 1872. Pet. in-8, papier vergé, portrait, broch.

76. Le Livre des sonnets, dix dizains de sonnets choisis. *Paris, Alph. Lemerre*, 1874. Pet. in-8, texte encadré de filets rouges, br.

Exemplaire sur PAPIER WHATMAN.

77. Albert Glatigny. Poésies complètes. Edm. et J. de Goncourt, Renée Mauperin. *Paris, Alph. Lemerre*, 1875-1879. 2 vol. pet. in-12, papier vélin teinté, br.

78. Félix Arvers. Mes Heures perdues, poésies, avec une introduction de Théodore de Banville. *Paris, A. Cinqualbre*, 1878. In-12, br.

Exemplaire sur GRAND PAPIER DE HOLLANDE

III. THÉATRE

79. Histoire de la littérature dramatique, par M. Jules Janin. *Paris, Mich. Lévy*, 1855. 4 vol. in-18, demi-rel. chagr. viol. tr. jasp.

80. Almanach des spectacles de Paris. *Paris, Caillaud et Duchesne*, 1751 à 1815. 42 vol. in-18, brochés, dereliés, en veau et quelques-uns en maroq.

Cet almanach a changé de titre plusieurs fois. En 1751 il s'appelle : *Calendrier historique des théâtres de l'Opéra et des Comédies françoise, italienne et des foires.* Titres gravés en 1752 : *Almanach historique et chronologique de tous les spectacles. Titre et frontispice gravé* à partir de 1754 : *Les Spectacles de Paris, ou Suite du Calendrier, etc.* Commencé et continué jusqu'en 1778, par l'abbé de la Porte, cet almanach eut deux fois sa publication interrompue de 1795 à 1800 et de 1802 à 1814.

Il manque à cette collection les années 1753, 1755, 1757, 1762, 1764. Ens. 5 vol.

81. Almanach des spectacles (contenant l'ancien *Almanach des spectacles*, publié de 1751 à 1815). *Paris, Jouaust*, 1874-1877. 4 vol. in-18, eaux-fortes de Gaucherel, Lalauze, br.

Rédigé par P. Milliet et A. Soubies pour 1874, et par Soubies pour 1875, 1876 et 1877.

82. Année théâtrale. Almanach contenant une notice sur chacun des théâtres de Paris, les acteurs, les pièces nouvelles et les débuts. *Paris, l'an IX, X, XI et XII* (1800 à 1803). 4 vol. in-12, br.

La 1re année est cartonnée, l'Almanach de l'an X est en double.

83. L'Opinion du parterre, ou Censure des acteurs, auteurs et spectateurs du Théâtre-Français, de l'Opéra, de l'Opéra-Comique national, de Louvois, de l'Opéra-Buffa et du Vaudeville, de la Porte Saint-Martin, et de Montausier, etc., par Clément Courtois, M. Valleran. *Paris, Martinet, an XI à* 1813. 10 vol. in-12, reliés et brochés.

84. Annuaire dramatique contenant les noms et demeures de tous les directeurs, acteurs, musiciens... le répertoire de chacun d'eux... un précis de l'histoire des principaux théâtres, etc. (par Arm.-Henri Rogueneau de la Chainaye et P. Audiffret). *Paris, Mme Cavanagh*, 1805 à 1822. 17 vol. in-32, avec portraits ; brochés, 2 sont reliés.

Collection complète.

Même ouvrage, années 1806, 1807, 1808, 1815, 1817 et 1819. Ens. 6 vol. in-12.

85. Mémorial dramatique, ou Almanach théâtral... (par Pierre-Joseph Charrin). *Paris, Mocquet-Barba*, 1807-1818. 13 vol. in-18, portraits, demi-cart. percal. verte, n. rog.

Joli exemplaire.

86. Almanach des spectacles de Paris. *Paris, Barba*, 1822-1837. 12 vol. in-16, br.

Publication faite pour servir de continuation *à l'Almanach des spectacles de Duchesne*. En tête du 1er volume se trouve une étude sur les théâtres de Paris depuis le commencement du XIXe siècle.

87. Le Monde dramatique. Histoire des spectacles anciens et modernes. *Paris*, 1835-1839. 8 vol. gr. in-8, br.

Revue fondée par Gérard de Nerval. Elle renferme des pièces entières, proverbes, etc., des extraits de pièces originales ou traduites, des fragments de mémoires, de biographies, de dissertations littéraires, etc. Ce recueil est orné d'une grande quantité de vignettes, culs-de-lampe, portraits d'acteurs, de gens de lettres, etc., vues de théâtres et de décorations, costumes, etc.

88. Le Répertoire de toutes les pièces restées au Théâtre-Français, avec la date, le nombre des représentations et les noms des auteurs et des acteurs vivants, par M. le chevalier de Mouhy. *A Paris, chez la veuve Pissot*, 1753. In-24, v. antiq. marbr.

89. Cours de déclamation professé à l'Athénée de Paris, par J.-M. Larive. *Paris, Delaunay*, 1810. 2 vol. in-8, v. rac. dent. (*Armoiries royales sur les plats.*)

De la Bibliothèque du château d'Eu (cachet sur les titres),

90. Adolphe Jullien. — Histoire du costume au théâtre, depuis les origines du théâtre en France jusqu'à nos jours, ouvrage orné de vingt-sept gravures et dessins originaux tirés des archives de l'Opéra et reproduits en fac-similé. *Paris, Charpentier*, 1880. Gr. in-8, fig. br.

91. Les Comédiens du Roi, de la troupe française, pendant les deux derniers siècles, documents iné-

dits recueillis aux Archives nationales, par Émile Campardon. *Paris, H. Champion,* 1879. In-8, br.

92. Masques et Bouffons (comédie italienne), texte et dessins, par Maurice Sand, gravures par A. Manceau, préface par George Sand. *Paris, Mich. Lévy fr.* (*typogr. H. Plon*), 1860. 2 vol. gr. in-8, figures tirées à la sanguine, demi-rel. mar. vert clair, tr. supér. dor. éb.

93. Première Série de comédiens et comédiennes. La Comédie française, notices biographiques par Francisque Sarcey, portraits gravés à l'eau-forte par Léon Gaucherot. *Paris, libr. des Bibliophiles,* 1875-1876. 9 livr. (I à IX). In-8, portraits.

Publication imprimée à petit nombre sur beau papier vélin.

94. Le Musée de la Comédie française, par René Delorme. *Paris, P. Ollendorff,* 1878. In-4, br.

95. Le Théâtre français au XVIe et au XVIIe siècle, ou Choix des comédies les plus curieuses, antérieures à Molière, avec une introduction, des notes et une notice sur chaque anteur, par M. Ed. Fournier, édition illustrée de portraits en pied, coloriés, dessinés par MM. Maurice Sand et H. Allouard. *Paris, Laplace Sanchez, s. d.* Gr. in-8, texte à 2 col. portraits, br.

96. L'Occasion perdue recouverte, par Pierre Corneille, nouvelle édition accompagnée de notes et de commentaires, etc. *Paris, J. Gay,* 1862. In-8, papier de Hollande, demi-rel. avec coins mar. vert, jans. tr. supér. dor. n. rog.

97. Le Théâtre de P. Corneille, reveu et corrigé par l'autheur. *A Rouen, et se vend à Paris, chez Guillaume de Luynes,* 1664. 4 vol. in-8, frontispice et figures gravés aux 3 premiers volumes, demi-rel. v. f.

Les frontispices portent la date de 1660. Le tome IV porte la date de 1666. Exemplaire court de marges.

98. OEuvres de P. Corneille, théâtre complet, précédées de la vie de l'auteur par Fontenelle et suivies d'un dictionnaire donnant l'explication des mots qui ont vieilli, nouvelle édition imprimée d'après celle de 1682, ornée du portrait en pied, colorié, du principal personnage des pièces les plus remarquables, dessins de M. Geffroy, gravure de MM. Colin et Wolf. *Paris, A. Laplace*, 1869. Gr. in-8, portraits, demi-rel. avec coins mar. rouge foncé, dos orné, fil. tr. supér. dor. n. rog. (*Altô.*)

Bel exemplaire sur GRAND PAPIER DE HOLLANDE avec une double suite en noir des portraits.

99. Théâtre de Racine : Andromaque, les Plaideurs, Britannicus, Bérénice, Bajazet, Mithridate, Iphigénie, Phèdre, Esther, Athalie. 46 sujets et un portrait gravés à l'eau-forte, par V. Foulquier, compositions de Barrias et V. Foulquier. *Tours, Alfr. Mame*, 1876-1877. 2 vol. gr. in-8, portrait et vignettes, br.

Exemplaire sur PAPIER DE HOLLANDE.

100. Les OEuvres de Monsieur de Molière, revues, corrigées et augmentées du Médecin vengé, et des épitaphes les plus curieuses sur sa mort, enrichies de figures en taille-douce à chaque pièce. *A Lyon, chez Jacq. Lions*, 1692. 8 vol. in-12, portrait et figures, v. antiq. marbr.

Exemplaire aux armes de la Live de la Briche, maître des requêtes.

101. OEuvres de Molière, nouvelle édition, revue sur les plus anciennes impressions, par M. Eug. Despois et Paul Mesnard. *Paris, L. Hachette*, 1873 à 1880. 5 vol. (tomes I à V), br.

De la collection des : *Grands Écrivains de la France*.
Exemplaire sur GRAND RAISIN VÉLIN COLLÉ.

102. Les OEuvres de J.-B. P. Molière, accompagnées d'une vie de Molière, de variantes, d'un commentaire et d'un glossaire par Anatole France. *Paris,*

Alphonse Lemerre, 1876-1877. 2 vol. in-8, portrait, br.

Tomes I et II sur PAPIER DE CHINE.

103. OEuvres complètes de Molière, revues sur les textes originaux par Ad. Regnier, *Paris, Imprimerie nationale,* 1878. 5 vol. gr. in-8, papier vergé, br.

104. Les OEuvres de Molière, avec notes et variantes, par Alph. Pauly, *Paris, Alph. Lemerre, s. d.* 8 vol. in-12, papier vergé, portrait, br.

105. Le Misanthrope, comédie par J.-B. P. de Molière. *A Paris, chez Jean Ribou, au Palais,* 1667. In-12 de 11 ff. prélim. et 84 pages chiffr. demi-rel. mar. rouge, plats toile.

ÉDITION ORIGINALE. Exemplaire très-court de marges, mouillé et incomplet de la figure.

106. Réimpressions des éditions originales des pièces de Molière, publiées par les soins de Louis Lacour. *Paris, Jouaust,* 1867-1876. 18 vol. in-12, figures, br.

Dépit amoureux. — L'Estourdy. — Les Precieuses ridicules. — Sganarelle, ou le Cocu imaginaire. — L'Escole des maris. — Les Fascheux. — L'Escole des femmes. — La Critiqne de l'Escole des femmes. — Le Mariage forcé. — L'Amour médecin. — Le Misanthrope. — Le Médecin malgré lui. — Le Sicilien. — Tartuffe. — Amphitryon. — L'Avare. — Monsieur de Pourceaugnac. — Le Bourgeois gentilhomme.

107. Collection Moliéresque, publiée par M. Paul Lacroix et tirée seulement à 100 exemplaires. *Genève, etc.,* 1869-1875. 20 vol. in-12, 11 en demi-rel. mar. bleu, tr. supér. dor. n. rog. la suite, brochée.

Les Amours de Calotin, comédie. — Le Mariage sans mariage, comédie. — La Cocue imaginaire. — Observations sur le Festin de Pierre. — Lettre sur la comédie de l'Imposteur. — La Vengeance des marquis. — Les Fragments de Molière. — Lettre sur les affaires du théâtre en 1665. — L'Impromptu de l'hostel de Condé, comédie. — Le Songe du resveur. — Zélinde, comédie. — La Critique de Tartuffe, comédie. — Élomire hypocondre, ou les Médecins vengez, comédie. — L'Enfer burlesque. — La Guerre comique, ou la Défense de l'école des femmes. — Le Roy glorieux au monde. — Les Impatibles, ballet. — La Fameuse Comédienne. — Les Véritables Prétieuses. — Joguenet, ou les Vieillards dupés.

108. Histoire de la vie et des ouvrages de Molière, par Jules Taschereau. *Paris, Brissot-Thivars*, 1838. In-8, portrait, demi-rel. avec coins mar. bleu, jans. tr. supér. dor. (*Allô.*)

109. La Famille de Molière et ses représentants actuels, d'après les documents authentiques, par E. Révérend du Mesnil. *Paris, Isid. Liseux*, 1879. In-8, br. — Molière en province, étude sur sa troupe ambulante, suivie de Molière en voyage, comédie en un acte, en vers, par Benj. Pifteau. *Paris, L. Wilhem*, 1879. In-12, portrait de Molière et 4 eaux-fortes, br. — Un Compte-rendu de la comédie des Précieuses ridicules de Molière (sur l'imprimé de Paris, Claude Barbin, 1660). *Paris, J. Baur*, 1877. In-16, br. — Un Bisaïeul de Molière, recherches sur les Mazuel, musiciens des XVIe et XVIIe siècles, alliés de la famille Poquelin, par Ern. Thoinan. *Paris, A. Claudin*, 1878. In-16, br. ens. 4 vol.

110. Histoire des pérégrinations de Molière dans le Languedoc, d'après des documents inédits, 1642-1658, par M. Emm. Raymond. *Paris, Dubuisson*, 1858. In-12, demi-rel. mar. bleu, jans. tr. supér. dor. éb. (*Brany.*)

111. Le Roman de Molière, suivi de fragments sur sa vie privée, d'après des documents nouveaux, par Ed. Fournier. *Paris, E. Dentu*, 1863. In-12, jolie demi-rel. avec coins mar. bleu, dos orné, fil. tr. supér. dor. éb. (*Allô.*)

112. Gérard du Boulan. L'Énigme d'Alceste, nouvel aperçu historique, critique et moral sur le XVIIe siècle, avec un portrait inédit de Molière. *Paris, A. Quantin*, 1879. Pet. in-8, papier de Hollande, portrait, br.

113. La Valise de Molière, comédie en un acte en prose, précédée d'une introduction historique

et suivie de notes, par Edouard Fournier. *Paris, E. Dentu*, 1868. In-12, papier de Hollande, demi-rel. avec coins mar. bleu, jans. tr. supér. dor. n. rog. (*Raparlier.*)

114. Molière musicien, notes sur les OEuvres de cet illustre maître, par Castil-Blaze. *Paris*, 1852. 2 vol. — Les Contemporains de Molière, recueil de comédies, rares ou peu connues, jouées de 1650 à 1680, avec l'histoire de chaque théâtre, par Victor Fournel. *Paris, Firmin-Didot frères*, 1863. 2 vol. ens. 4 vol. in-8, br.

115. Molière-Lully. — Le Mariage forcé, comédie-ballet en 3 actes, ou le Ballet du roi dansé par le roi Louis XIV, le 29e jour de janvier 1664, nouvelle édition publiée d'après le manuscrit de Philidor l'aîné, par Ludovic Celler. *Paris, L. Hachette*, 1867. In-12, demi-rel. avec coins mar. vert foncé, dos orné, fil. tr. supér. dor. n. rog. (*Raparlier.*)

Exemplaire sur PAPIER DE CHINE, orné de cinq portraits ajoutés de Molière : le 1er gravé par Lignon, d'après Fragonard; le 2e gravé en médaillon dans un entourage, belle épreuve sur chine, sans nom d'artistes; le 3e par Taurel, épreuve *avant la lettre sur chine;* le 4e par Devéria et le 5e par Saint-Aubin.

En regard du titre une gravure de Moreau pour le *Mariage forcé.*

116. Réunion de brochures sur Molière. — Molière à Toulouse, comédie, par Pellet-Desbarreaux, 1787. — La Maison de Molière, comédie, par M. Mercier, 1789. — Molière, par Hipp. Lucas. — Recherches sur le séjour de Molière dans l'Ouest de la France, par Benj. Fillon, 1871. — Molière à Fontainebleau, par Ch. Constant, 1873. — Un Portrait de Molière en Bretagne, par le baron de Wismes. — Molière et sa troupe à Rouen, par F. Bouquet, 1865, etc. Ens. 12 br. in-8.

117. Galerie historique des portraits des comédiens de la troupe de Molière gravés à l'eau-forte, sur des documents authentiques, par Frédéric Hille-

macher, avec des détails biographiques succincts relatifs à chacun d'eux. *Lyon, N. Scheuring (impr. Louis Perrin)*, 1869. In-8, papier teinté, portrait, broch.

118. Notice sur le monument érigé à Paris, par souscription, à la gloire de Molière, suivie de pièces justificatives et de la liste générale des souscripteurs. *Paris*, *Perrotin*, 1844. Gr. in-8, planches cart. n. rog. — La Salle de théâtre de Molière au Port-Saint-Paul, par Philéas Collardeau. *Paris, J. Bonnassies*, 1876. In-8, br. cartes.

119. Chefs-d'œuvre dramatiques du XVIIIe siècle, ou Choix des pièces les plus remarquables de Regnard, Le Sage, Destouches, Beaumarchais, Marivaux, etc. Edition ornée de portraits en pied coloriés, dessinés par M. Geffroy, et précédée d'une introduction et d'une notice sur chaque auteur, par Jules Janin. *Paris, Laplace-Sanchez*, 1872. Gr. in-8, texte à 2 col. portraits, br.

120. Les OEuvres de M. Regnard, nouvelle édition, revue, corrigée et augmentée. *Imprimé à Rouen et se vend à Paris, chez la veuve de Pierre Ribou*, 1731. 5 vol. in-12, cart. n. rog.

121. OEUVRES COMPLÈTES DE J.-F. REGNARD, nouvelle édition, avec des variantes et des notes. *A Paris, de l'imprimerie de Crapelet (A. Renouard et Lefèvre, éditeurs)*, 1822. 6 vol. gr. in-8, portraits et figures demi-rel. mar. bleu, fil. tr. supér. dor. n. rog.

Bel exemplaire sur GRAND RAISIN VÉLIN (tiré à 80 exemplaires).
On y a ajouté 10 portraits de Regnard répartis dans les 6 volumes, parmi lesquels celui gravé par Ficquet en 1776, et la suite de Desenne en 3 ÉTATS avec la lettre blanc, AVANT LA LETTRE blanc et EAUX-FORTES.

122. OEuvres complètes de Regnard, avec une notice et de nombreuses notes critiques, historiques et littéraires de feu M. Beuchot, etc. *Paris, Ad. Delahays*, 1860. 2 vol. gr. in-8, br.

123. OEuvres complètes de Regnard, nouvelle édition, augmentée de deux pièces inédites, précédée d'une introduction, par M. Ed. Fournier, ornée de portraits en pied coloriés, dessinés par MM. Ed. Bayard et Maurice Sand. *Paris, Laplace-Sanchez*, 1875. Gr. in-8, texte à 2 col. portraits, br.

124. Les OEuvres de M. Campistron. *A Paris, chez Thomas Quillain*, 1690. In-12, frontispice gravé. — La Devineresse, ou les Faux Enchantements, comédie (par Th. Corneille et J. Donneau de Visé). *Paris, chez C. Blageart*, 1680. In-12. — OEuvres de Corneille, troisième partie. *A Paris, chez Guillaume de Luyne*, 1657. In-12, — OEuvres de Racine, tome premier. *Paris, Claude Barbin*, 1697. In-12, frontispice de C. Le Brun. — OEuvres de Racine, 2 vol. in-12. Ens. 6 vol. reliés en v. brun.

Volumes dépareillés, incomplets et défectueux.

125. OEuvres choisies de Destouches. 2 vol. — OEuvres choisis de Le Sage. 1 vol. — OEuvres choisies de Champfort. 1 vol. — OEuvres choisies de Collé, 1 vol. — OEuvres choisies de Raimond et Philippe Poisson. 1 vol. *Paris, de l'imprimerie et de la fonderie stéréotypes de P. Didot l'aîné*, 1810-1819. Ens. 5 vol. in-12, demi-rel. avec coins mar. rouge, fil. tr. supér. dor. éb. (*Allô.*)

126. OEUVRES DRAMATIQUES DE N. DESTOUCHES, nouvelle édition, précédée d'une notice sur la vie et les ouvrages de l'auteur. *A Paris, de l'imprimerie de Crapelet* (*Aug. Renouard et Lefèvre, éditeurs*), 1822. 6 vol. gr. in-8, portrait et figures, demi-rel. avec coins mar. bleu, fil. tr. supér. dor. éb. (*Brany.*)

Un des 20 exemplaires tirés sur GRAND RAISIN FIN.

On y a ajouté : 1° 7 portraits différents de l'auteur ; 2° la suite des figures d'Artman (de l'édition d'Amsterdam, 1755) ; 3° celle de Duvivier (de la Bibl. française), cette suite est AVANT LA lettre sur blanc ; et 4° la belle suite gravée d'après Laffitte (rare).

127. Théâtre de Le Sage, publié avec notice et notes par Georges d'Heilly. — Théâtre de Sedaine (publié par le même). *Paris, Libr. générale*, 1877-1879. 2 vol. pet. in-12, papier de Hollande, portraits, broch.

128. THÉATRE DE VOLTAIRE. *Paris, Delangle f.* (*imprimerie de Jules Didot aîné*), 1828. 10 vol. in-8, papier cavalier vélin, figures, demi-rel. avec coins mar. bleu, fil. tr. supér. dor. éb. (*Rapar-lier.*)

En tête de chaque volume on a ajouté un portrait de Voltaire. Nous mentionnerons celui du tome Ier gravé par Ficquet avec la date de 1762 d'après le tableau de La Tour, *superbe épreuve*, celui du tome Ve gravé par Saint-Aubin d'après le buste fait par Houdon, celui du tome VI le représentant en pied couronné de lauriers; ce portrait a été gravé en 1778, d'après les dessins de Vachez. En tête se trouve cette légende : *L'Homme unique à tout âge.* Celui du tome X est gravé sur acier, par Hopwood. Epreuve *avant la lettre sur chine.*

On a ajouté aussi à cet exemplaire les figures de Desenne, et les figures de la première suite de MOREAU, épreuves en deux états, avec et AVANT LA LETTRE.

129. OEuvres choisies de Favart. *A Paris, de l'imprimerie et de la fonderie stéréotypes de P. Didot l'aîné*, 1813. 3 vol. in-12, jolie demi-rel. avec coins mar. bleu, fil. tr. supér. dor. éb. (*Alló.*)

130. OEuvres complètes de M. de Crébillon fils, nouvelle édition, revue et corrigée. *A Maestricht, chez J.-Edme Dufour*, 1779. 11 vol. in-12, cart. tr. jasp.

131. OEuvres diverses de M. de Marivaux, de l'Académie françoise. *Paris, Duchesne*, 1765. 3 vol. in-12, v. gran.

132. OEuvres complètes de M. de Marivaux, de l'Académie françoise. *A Paris, chez la Vve Duchesne*, 1781. 12 vol. in-8, v. antiq. marbr.

Exemplaire du chevalier DE FLEURIEU, dont l'ex-libris est collé à l'intérieur des volumes, et les armoiries frappées sur les dos des reliures.

133. OEuvres de Marivaux. Théâtre complet, nouvelle édition, précédée d'une étude sur la vie et

les œuvres de l'auteur par M. Ed. Fournier, ornée de vingt portraits en couleur par Bertall. *Paris, Laplace-Sanchez, s. d.* Gr. in-8, texte à 2 col. portraits, br.

134. Esprit de Marivaux, ou Analectes de ses ouvrages, précédés de la vie historique de l'auteur (par Louis de Lesbros de la Versane). *Paris, Vve Pierres*, 1769. In-8, demi-cart. percal. n. rog.

Nombreuses annotations faites sur les marges, au crayon.

135. Le Moulin, petit vaudeville en un acte, représenté sur le spectacle de S. A. S. Mgr le comte de Beaujolais, le 24 janvier 1785, imprimé aujourd'hui pour la première fois avec une notice, par M. Ch. Brunet. *Turin, J. Gay*, 1870. In-18 de 32 pages, papier de Hollande, jolie demi-rel. avec coins mar. bleu, dos orné, fil. tr. supér. dor. n. rog. (*Allô.*)

Tiré à très-petit nombre.

136. Théâtre de Collé. *Paris*, 1753-1769. 4 vol. in-8, br.

Recueil factice. Les deux premiers volumes contiennent le *Théâtre de société*. Dans la *Partie de chasse de Henry IV* se trouvent les figures de Gravelot.

137. Parades inédites de Collé. — 1. Le Mariage sans curé. — 2. La Guinguette. — 3. Léandre, étalon. Publiées textuellement d'après les manuscrits de l'auteur, sans notes. *Hambourg et Paris*, 1864. Pet. in-12, papier vergé, cart. en percal. verte, n. rog.

138. OEuvres de Collin d'Harleville, nouvelle édition, ornée de son portrait et enrichie d'une notice sur sa vie. *Paris, Janet et Cotelle*, 1821. 4 vol. in-8, portraits, jolie demi-rel. avec coins, mar. bleu, dos orné et petits fers, fil. tr. supér. dor. éb.

Bel exemplaire.

139. Répertoire du théâtre du Marais, 1790-1806. 2 vol. in-8, br.

Recueil factice.

140. Répertoire du théâtre du Marais de la rue Culture-Sainte-Catherine, réunion de 12 br. in-8.

La Bizarrerie de la Fortune, comédie, par Loaisel et Tréogate, 1703. — Le Mari jaloux, comédie, par L. Villetesque, 1793. — Féodor ou Lesinka, ou Nogvorod sauvée, drame, par Desforges, 1787. — La Veuve Calas à Paris, ou le Triomphe de Voltaire, par Pujoulx, 1791. — Le Tribunal redoutable, drame, par La Martelière, etc.

141. EUGÉNIE, drame en cinq actes en prose, enrichi de figures en taille-douce, avec un essai sur le drame sérieux, par M. de Beaumarchais. *A Paris, chez Merlin*, 1767. In-8, figures de Gravelot, cart.

ÉDITION ORIGINALE. Exemplaire non rogné.

142. OEuvres choisies de Beaumarchais. *A Paris, de l'imprimerie et de la fonderie de P. Didot*, 1813. 3 vol. in-12, portrait, demi-rel. avec coins mar. rouge, fil. tr. supér. dor. éb. (*Allô.*)

143. Théâtre de Beaumarchais (le Barbier de Séville, le Mariage de Figaro), avec une notice et des notes par Ch. Beauquier. *Paris, Alph. Lemerre*, 1872. 2 vol. in-12, br.

Exemplaire sur PAPIER WHATMAN.

144. Théâtre de Beaumarchais. Le Barbier de Séville. *Paris, Alph. Lemerre*, 1872. In-12, papier de Hollande, br.

145. OEuvres complètes de Beaumarchais, nouvelle édition, précédée d'une notice biographique, par M. L. Moland, ornée de gravures sur acier d'après les dessins de Staal. *Paris, Garnier fr.*, 1874. In-8, gravures, br.

146. OEuvres complètes de Beaumarchais, nouvelle édition, augmentée de quatre pièces de théâtre et de documents divers inédits, cave une introduction par M. Edouard Fournier, ornée de vingt portraits en pied coloriés, dessinés par M. Emile Bayard. *Paris*, *Laplace-Sanchez*, 1876. Gr. in-8, portraits, texte à 2 col. br.

147. Vie politique, privée et littéraire de Beaumarchais. *Paris*, 1802. In-12, cart. — Beaumarchais en Allemagne, révélations tirées des archives d'Autriche, par P. Huot. *Paris*, *A. Lacroix*, 1869. In-12, en demi-rel. — Louis de Loménie, Beaumarchais et son temps. *Paris*, *Michel Lévy fr.*, 1873. 2 vol. in-12, ens. 4 vol.

148. Beaumarchais et son temps : études sur la société en France au XVIIIe siècle, d'après des documents inédits, par Louis de Loménie. *Paris*, *Mich. Lévy fr.*, 1856. 2 vol. in-8, demi-rel. mar. noir, plats toile, tr. jasp.

149. Mémoires de M. de Beaumarchais. *S. l. n. d.* 2 vol. pet. in-8, portrait et frontispice gravé, chagr. rouge, tr. dor.

Le frontispice est de Marillier; il est répété au tome 2e.

150. Mémoires de Beaumarchais. — Réunion de 23 pièces. In-4, v. rac.

Bel exemplaire réunissant toutes les pièces de ses procès,

151. Louis XI, tragédie en cinq actes et en vers, par M. Casimir Delavigne, de l'Académie française. *Paris*, *J.-N. Barba*, 1832. In-8, demi-rel. avec coins mar. bleu, jans. tr. supér. éb. (*Brany.*)

1re Édition. Bel exemplaire, avec un envoi autographe signé de l'auteur.

152. Les Enfants d'Édouard, tragédie en trois actes et en vers, par M. Casimir Delavigne. *Paris*, *Ladvocat*, 1833. In-8, demi-rel. avec coins mar. bleu, jans. tr. supér. dor. éb. (*Brany.*)

1re Édition. Très-bel exemplaire.

153. Une Famille au temps de Luther, tragédie en un acte, par M. Casimir Delavigne, de l'Académie

française. *Paris, H.-L. Delloye et V. Lecou*, 1836. In-8, demi-rel. avec coins mar. bleu, jans. tr. supér. dor. éb. (*Brany.*)

154. Don Juan d'Autriche, ou la Vocation, comédie en cinq actes, en prose, par M. Casimir Delavigne. *Paris, J.-N. Barba*, 1836. In-8, demi-rel. avec coins mar. bleu, jans. tr. supér. dor. éb. (*Brany.*)

1re édition.
Exemplaire avec un envoi autographe signé de l'auteur.

155. Scènes populaires dessinées à la plume, par Henri Monnier. *Paris, E. Dentu*, 1879. 2 vol. in-8, papier vélin, nombr. vignettes, br.

Le Roman chez la portière. — La Cour d'assises. — L'Exécution. — Le Dîner bourgeois. — La Petite Fille. — La Grande Dame. — La Victime du Corridor. — Les Bourgeois campagnards. — La Garde Malade. — La Vie de bureau. — Le Premier Jour de l'an. — L'Enterrement. — Intérieur de mairie, etc.

156. OEuvres de Victor Hugo. Drames, VII. — Angelo, tyran de Padoue, troisième édition. *Paris, Eugène Renduel*, 1835. In-8. — Ruy-Blas, deuxième édition. *Paris, H. Delloye*, 1838. In-8, ens. 2 vol. in-8, demi-rel. avec coins mar. bleu, fil. tr. supér. dor. éb. (*Raparlier.*)

157. Les Burgraves, trilogie, par Victor Hugo. Deuxième édition. *Paris, E. Michaud*, 1843. in-8, demi-cart. percal. rouge, n. rog.

158. Théâtre de poche, par Théophile Gautier. *Paris, Libr. nouvelle*, 1855. Pet. in-12, demi-cart. percal. viol. n. rog.

159. Georges Lecoq. Histoire du théâtre de Saint-Quentin. *Paris, Raph. Simon*, 1878. Gr. in-8, papier vélin teinté, titre rouge et noir, plans, br.

---

160. OEuvres complètes de W. Shakespeare, traduites par François-Victor Hugo. *Paris, Pagnerre*,

1859-1866. 18 vol. in-8, papier vergé, demi-rel. avec coins mar. bleu, dos orné, fil. tr. supér. dor. n. rog. (*Alló.*)

161. OEuvres de Schiller, traduction nouvelle par Ad. Regnier. *Paris, L. Hachette*, 1859-1862. 8 vol. in-8, portrait, demi-rel. avec coins mar. rouge, fil. tr. supér. dor. n. rog.

Un des 100 exemplaires tirés sur beau papier vélin.

IV. ROMANS

162. Les Pastorales de Longus, ou Daphnis et Chloé, traduction de messire J. Amyot revue, corrigée, complétée par P.-L. Courier, notice par A. France. *Paris*, *Alph. Lemerre*, 1869. Pet. in-8, br.

Exemplaire sur PAPIER WHATMAN, texte encadré de filets rouges.

163. OEuvres de Rabelais, collationnées sur les éditions originales, accompagnées de notes, etc., par M. Burgaud des Marets et Rathery. *Paris, Firmin-Didot fr.*, 1857-1858. 2 vol. in-12, demi-rel. mar. vert, jans. tr. supér. dor. éb. (*A. Bertrand.*)

164. Les OEuvres de maistre François Rabelais, accompagnées d'une notice sur sa vie et ses ouvrages, d'une étude bibliographique, de variantes, d'un commentaire, d'une table des noms propres et d'un glossaire, par Ch. Marty-Laveaux. *Paris, Alph. Lemerre,* 1869-1873. 3 vol. in-8, écu, br.

Un des 22 exemplaires sur PAPIER WHATMAN.

165. Madame de la Fayette. — La Princesse de Clèves, préface de H. Taine, eaux-fortes de F. Masson. *Paris, A. Quantin,* 1878. Pet. in-8,

papier vélin teinté, texte encadré de filets rouges, figures, br.

166. La Fameuse Comédienne, ou Histoire de la Guérin, auparavant femme et veuve de Molière, réimpression conforme à l'édition de Francfort, 1688, suivie des variantes des autres éditions et accompagnée d'une préface et de notes, par Jules Bonnassies. *Paris, Barraud*, 1870. Pet. in-8, portrait, br.

167. Mémoires du comte de Grammont, par Antoine Hamilton, avec notice, variantes et index par Henri Motheau. *Paris, Alph. Lemerre*, 1876. In-12, papier de Hollande, portrait, br.

168. Histoire de Gil Blas de Santillane, par Lesage, précédée d'une notice par M. Sainte-Beuve. *Paris, Garnier fr.*, 1864. 2 vol. in-8, portrait et figures de Staal, br.

169. Le Sage. Histoire de Gil Blas de Santillane, avec notice et notes par A. P.-Malassis. *Paris, Alph. Lemerre*, 1878. 4 vol. pet. in-12, papier de Hollande, portrait, frontispice gravé à l'eau-forte, br.

170. Le Sage. Histoire de Gil Blas de Santillane, avec notice et notes par A. P.-Malassis, 4 vol. — Le Diable boiteux, avec une notice par M. Anat. France, 2 vol. — Théâtre, avec notice et notes par Frédéric Dillaye, 1 vol. *Paris, Alph. Lemerre*, 1878-1879. Ens. 7 vol. pet. in-12, br.

Exemplaires sur PAPIER WHATMAN.

171. L'Abbé Prévost. Manon Lescaut, préface de M. de Lescure, eaux-fortes de Lalauze, variantes et bibliographie. *Paris, A. Quantin*, 1879. Pet. in-8, papier vélin teinté, filets rouges, portrait et figures, br.

172. Romans de Voltaire, avec notice, notes et va-

riantes par Frédéric Dillaye. *Paris, Alph. Lemerre*, 1877-1879. 3 vol. pet. in-12, portrait, papier de Hollande, br.

173. Histoire du chevalier des Grieux et de Manon Lescaut. Bibliographie et notes pour servir à l'histoire du livre, 1728-1731-1753. *Paris, P. Rouquette*, 1875. In-8 de 61 pages, papier de Hollande. — Bibliographie de Manon Lescaut et notes pour servir à l'histoire du livre, par M. Henry Harrisse. *Paris, Morgand et Ch. Fatout*, 1877. In-8 de 76 pages. Ens. 2 ouvr. en 1 vol. in-8, demi-cart. percal. n. rog.

174. Histoire du chevalier des Grieux et de Manon Lescaut, par l'abbé Prévost. *Paris, Alph. Lemerre*, 1870. In-12, portrait-frontispice de Bracquemond gravé à l'eau-forte, br.

Exemplaire sur PAPIER WHATMAN.

175. Même ouvrage, même édition, même condition.

Exemplaire sur papier Whatman, le texte encadré de filets rouges et orné d'un portrait et de 8 figures gravées à l'eau-forte par Louis Monziès d'après Pasquier (2 suites, noire et à la sanguine).

176. Le Comte de Valmont, ou les Égarements de la raison, lettres recueillies et publiées par M*** (par l'abbé Gérard). *A Paris, chez Moutard*, 1777. 4 vol. in-12, figures de Monnet, v. antiq. marbr.

177. Petits Conteurs du XVIIIe siècle, publiés avec notices bio-bibliographiques, par Octave Uzanne. *Paris, A. Quantin*, 1878-1879. 6 vol. pet. in-8 carrés, papier vergé, portraits et vignettes gravés à l'eau-forte, br.

Contes de l'abbé de Voisenon. — Contes du chevalier de Boufflers. — Facéties du comte de Caylus. — Contes dialogués de Crébillon. — Conte de Moncrif. — Conte du chevalier de la Morlière.

178. OEuvres du comte de Tressan, précédées d'une notice sur sa vie et ses ouvrages, par M. Campenon, édition ornée de gravures d'après les dessins

de M. Colin. *Paris, Nepveu,* 1823. 10 vol. in-8, portrait et figures, demi-rel. v. bleu, tr. marbr.

Épreuves AVANT LA LETTRE.

179. Les Françaises, ou XXXIV Exemples choisis dans les mœurs actuelles, propres à diriger les filles, les femmes, les épouses et les mères (par Restif de la Bretonne). *A Neufchâtel, et se trouve à Paris, chez Guillot,* 1786. 4 vol. in-12, figures, v. marbr.

Bel exemplaire, bien complet et conforme à la description bibliographique de P. Lacroix.

180. J. Cazotte. Le Diable amoureux, préface de A.-J. Pons, eaux-fortes de F. Buhot, variantes et bibliographie. *Paris, A. Quantin,* 1878. Pet. in-8, papier vélin teinté, texte encadr. de fil. rouges, portrait et figures, br.

181. Bernardin de Saint-Pierre. — Paul et Virginie, avec notices et notes, par Anatole France. *Paris, Alph. Lemerre,* 1876. Pet. in-12, papier de Hollande, portrait, br.

182. Même ouvrage, même édition, même condition.

Exemplaire sur PAPIER WHATMAN.

183. Même ouvrage, même édition, même condition.

Exemplaire sur PAPIER WHATMAN, le texte encadré de filets rouges.

184. Bernardin de Saint-Pierre. — Paul et Virginie, préface de Jules Claretie, eaux-fortes de Fr. Regamey, variantes et bibliographie. *Paris, A. Quantin,* 1878. Pet. in-8, papier vélin teinté, texte encadré de filets rouges, portrait et figures, broch.

185. Voyage autour de ma chambre, par M. le C. X*** O. A. S. D. S. M. S. (par le comte Xavier de Maistre, ancien officier au service de Sa

Majesté Sarde). *A Paris, chez Dufort, an IV* (1796). In-16, front. gr. demi-rel. avec coins mar. jonq. jans. tr. supér. dor. éb.

Première édition, in-16.

186. Xavier de Maistre. — Voyage autour de ma chambre, etc. *Paris, Alph. Lemerre,* 1869. Pet. in-12, papier vélin teinté, portrait gravé à l'eau-forte, br.

187. Même ouvrage, même édition, même condition.

Exemplaire sur PAPIER DE HOLLANDE, tiré à petit nombre.

188. Voyage autour de ma chambre, par Xavier de Maistre. *Paris, Alph. Lemerre*, 1878. Pet. in-8, portrait et figures, br.

Exemplaire sur PAPIER WHATMAN, texte encadré de filets rouges, un portrait et 4 figures gravées à l'eau-forte, *épreuves avant la lettre* (en noir et en bistre).

189. Chateaubriand. — Atala, René, Aventures du dernier Abencerage. *Paris, Alph. Lemerre*, 1879. In-12, br.

Exemplaire sur papier de Hollande, avec le portrait de l'auteur, gravé à l'eau-forte, par Louis Monziès d'après Devéria.

190. Benjamin Constant. — Adolphe, préface de A.-J. Pons, eaux-fortes de Fr. Regamey, variantes et bibliographie. *Paris, A. Quantin,* 1878. Pet. in-8, papier vélin teinté, texte encadré de filets rouges, portrait et figures, br.

191. Madame de Krüdener. — Valérie, préface de Parisot, eaux-fortes de M. Leloir, variantes et biographie. *Paris, A. Quantin,* 1878. Pet. in-8, papier vélin teinté, texte encadré de filets rouges, gravures, br.

192. OEuvres complètes de H. de Balzac. édition définitive. *Paris, Mich. Lévy fr.*, 1869-1872. 23 vol. in-8, br.

N° 57. Exemplaire sur GRAND PAPIER DE HOLLANDE. (Il manque le tome 22e.)

193. Champavert, contes immoraux, par Pétrus Borel le Lycanthrope, eaux-fortes par M. Adrien Aubry. *Bruxelles*, *J. Blanche*, 1872. In-8, papier de Hollande, figures, br.

194. Dans les Nuages. Impressions d'une chaise, récit recueilli par Sarah Bernhardt, illustré par Georges Clairin. *Paris, G. Charpentier* (*typ. G. Chamerot*), *s. d.* In-4, figures, br.

Un des 50 exemplaires sur PAPIER DE HOLLANDE.

V. CRITIQUES

195. Le Tribunal d'Apollon, ou Jugement en dernier ressort de tous les auteurs vivants; libelle injurieux, partial et diffamatoire, par une Société de pygmées littéraires (principalement par Joseph Rosny). *A Paris, chez Marchand, an VIII.* 2 vol. in-16, portrait, demi-rel. bas.

Les articles signés C. M., ou M., ou C. M. D. C., sont de Mercier de Compiègne; les lettres F. N. désignent F. de Nogaret.

196. Recueil de quelques pièces et d'articles tirés de différents ouvrages périodiques. *Imprimé par G. E. J. M. A. L., an VII* (1799). In-4, cart. en parch. vert, antiq.

Livre rare imprimé à Dampierre par Mme G.-E.-J. de Montmorency, Albert de Luynes. D'après une note de C. Leber, ce volume n'a été tiré qu'à 14 exemplaires.

197. Suard. — Mélanges de littérature. *Paris, Dentu*, 1803. 5 vol. in-8, demi-rel. v. — Mémoires historiques sur le XVIIIe siècle et sur M. Suard, par Dominique-Joseph Garat. *Paris, A. Belin*, 1821. 2 vol. in-8, cart. — Essais de Mémoires, sur M. Suard (par Mme Suard). *Paris, Didot l'aîné*, 1820. In-12, cart. — Ens. 8 vol.

198. Miettes littéraires, biographiques et morales

livrées au public avec des explications, par François Grille. *Paris, Ledoyen,* 1853. 3 vol. in-12, broch.

199. Gustave Planche. — Portraits littéraires. *Paris, Charpentier,* 1853. 2 vol. — Nouveaux Portraits littéraires. *Paris, Amyot,* 1854. 2 vol. Ens. 4 vol. in-12, cart. en percal. grise, n. rog.

200. Sainte-Beuve. — Causeries du Lundi. *Paris, Garnier fr.,* 1852-1858. 13 vol. — Nouveaux Lundis. *Paris, Mich. Lévy fr.,* 1863-1870. 13 vol. Ens. 26 vol. in-12, cart.

201. Causeries du Lundi, par C.-A. Sainte-Beuve. *Paris, Garnier fr.,* 1857-1862. 15 vol. in-12, demi-rel. mar. vert, jans. tr. supér. dor. n. rog. (*Allô.*)

Très-bel exemplaire.

202. Portraits contemporains, par C.-A. Sainte-Beuve. *Paris, Mich. Lévy fr.,* 1869. 2 vol. in-12. — Tableau historique et critique de la poésie française au XVIe siècle (par le même). *Paris, Charpentier,* 1869. 1 vol. in-12. — Ens. 3 vol. in-12, demi-rel. avec coins mar. rouge, jans. tr. supér. dor. éb. (*Brany.*)

203. Sainte-Beuve. — Réunion de divers ouvrages. *Paris, Garnier, Mich. Lévy fr., édit.,* 1864-1879. Ens. 24 vol. in-12, br.

Portraits littéraires, 3 vol. — Portraits de femmes, 1 vol. — Portraits contemporains (tomes III, IV et V). — Premiers Lundis, 3 vol. — Chateaubriand et son groupe littéraire, 2 vol. — Lettres à la Princesse. — P.-J. Proudhon, sa vie et sa correspondance, 1838-1848. — Madame Desbordes-Valmore, sa vie et sa correspondance. — Le général Jomini. — M. de Talleyrand. — Chroniques parisiennes. — Souvenirs et indiscrétions. — Correspondance, 2 vol. — A.-J. Pons, Sainte-Beuve et ses inconnues. — Les Cahiers de Sainte-Beuve. — Sainte-Beuve, sa vie et ses œuvres.

204. Revue anecdotique des lettres et des arts, paraissant le 5 et le 20 de chaque mois. Documents biographiques de toute nature, nouvelles des librairies et des théâtres, bons mots, satires,

épigrammes, etc. *Paris, avril* 1855-*octobre* 1862. 15 vol. in-12, demi-rel. mar. vert, tr. supér. dor. n. rog.

Revue fondée par M. Lorédan Larchey.

205. La Petite Revue. *Paris*, 14 *novembre* 1863-10 *novembre* 1866. 12 vol. pet. in-8, demi-cart. percal. bleue, n. rog.

VI. FACÉTIES — PROVERBES

206. OEuvres facétieuses de Noël du Fail, revues sur les éditions originales et accompagnées d'une introduction, de notes et d'un index philologique, historique et anecdotique, par J. Assézat. *Paris, P. Daffis*, 1874. 2 vol. in-12, br.

Un des 10 exemplaires tirés sur PAPIER DE CHINE.

207. Collection complète des pamphlets politiques et opuscules littéraires de P.-L. Courier, ancien canonnier à cheval. *Bruxelles*, 1827. In-8, portrait, demi-rel. mar. rouge, jans. tr. supér. dor. ébarb.

208. Manuel des boudoirs, ou Essais sur les demoiselles d'Athènes (recueillis par Mercier de Compiègne). *A Cythère, avec licence des Amours, l'an du Plaisir et de la Liberté* 1240 (*Paris*, 1787). 3 vol. in-18, 3 figures par Bornet, mar. bleu, dos orné, fil. dent. int. tr. dor.

209. Dictionnaire anecdotique des nymphes du Palais-Royal et autres quartiers de Paris, par un homme de rien. *Paris*, 1826. In-12. — Panthéon drolatique, ou Galerie pour rire enrichie de portraits, esquisses, ébauches, silhouettes, pochades, croquis de tous les personnages célèbres sur le pavé de Paris, recueil composé à temps perdu,

par M. Bonœil. *Paris*, 1839. In-32. — Petite Biographie des conventionnels avec leurs votes dans le procès de Louis XVI, par un jacobin converti. *Paris*, 1826. In-32. — Biographie des cardinaux, archevêques et évêques français vivants, précédée de la Déclaration du clergé de France de 1682, etc., par un gallican. *Paris*, 1826. In-32. — Petite Biographie des Pairs, publiée par Rabau. *Paris*, 1826. In-32. — Biographie des Dames de la cour et du faubourg Saint-Germain (par Pilon et E. de Monglave). *Paris*, 1826. In-32. — Ens. 6 vol. in-32, jolie cart. en percal. bleue, n. rog.

210. Le Bric-à-Brac de l'amour, par Octave Uzanne, préface de Jules Barbey d'Aurevilly. *Paris, Ed. Rouveyre*, 1879. Pet. in-8, papier vergé, titre bleu et noir, frontispice à l'eau-forte par Ad. Lalauze, br.

211. Proverbes et Dictons populaires, avec les Dits du mercier et des marchands et les Crieries de Paris aux XIIIe et XIVe siècles, publiés d'après les manuscrits de la Bibliothèque du Roi, par G.-A. Crapelet, imprimeur. *Paris*, *Crapelet*, 1831. In-8, papier jésus vélin fort, cart. n. rog.

VII. ÉPISTOLAIRES.

212. Lettres et Épîtres amoureuses d'Héloïse et d'Abeilard. *Genève* (*Cazin*), 1777. 2 vol. in-18, portraits, mar. rouge, fil. tr. dor. (*Reliure ancienne*.)

213. Lettres inédites de Diane de Poytiers, publiées d'après les manuscrits de la Bibliothèque impériale, avec une introduction et des notes, par Georges Guiffrey. *Paris*, *Ve Jules Renouard*, 1866.

Gr. in-8, papier vergé teinté, titre rouge et noir, portrait sur chine, demi-rel. avec coins mar. rouge, fil. tr. supér. dor. n. rog. (*Allô.*)

214. Lettres de Guy Patin, nouvelle édition, augmentée de lettres inédites, précédée d'une notice biographique, etc., par J.-H. Reveillé-Parise. *Paris, J.-B. Baillière,* 1846. 3 vol. in-8, portrait, demi-rel. chagr. bleu, tr. jasp.

215. Correspondance entre Boileau-Despréaux et Brossette, publiée sur les manuscrits originaux, par Aug. Laverdet, introduction par M. J. Janin. *Paris, J. Techener*, 1858. In-8, br.

216. Correspondance littéraire, philosophique et critique, par Grimm, Diderot, Raynal, Meister, etc., avec notice, notes, table générale par Maurice Tourneux. *Paris, Garnier fr.*, 1877-1879. 8 vol. in-8, br.

217. Correspondance complète de la marquise du Deffand, précédée d'une histoire de sa vie, de son salon, de ses amis, etc., par M. de Lescure. *Paris, H. Plon,* 1865. 2 vol. in-8, portraits, br.

218. Correspondance complète de Mme du Deffand, publiée avec une introduction par M. le marquis de Sainte-Aulaire. *Paris, Mich. Lévy fr.*, 1867. 3 vol. in-8, br.

VIII. POLYGRAPHES ET COLLECTIONS

219. OEuvres complètes de Pierre de Bourdeille, seigneur de Brantôme, publiées d'après les manuscrits avec variantes et fragments inédits pour la Société de l'Histoire de France, par Ludovic Lalanne. *Paris*, *Vve Jules Renouard*, 1864-1876. 9 vol. in-8, br.

220. OEuvres complètes de Théodore-Agrippa d'Aubigné, publiées pour la première fois d'après les manuscrits originaux, accompagnées de notices biographique, littéraire et bibliographique, de variantes, d'un commentaire, d'une table des noms propres et d'un glossaire, par Eug. Réaume et F. de Caussade. *Paris, Alph. Lemerre,* 1873-1877. 4 vol. gr. in-8, br.

Un des 25 exemplaires sur PAPIER WHATMAN.

221. Les OEuvres de Jean Racine, texte original avec variantes, notice, par Anat. France. *Paris, Alph. Lemerre, s. d.* 5 vol. pet. in-12, papier de Hollande, br.

222. OEuvres complètes de J. Racine, avec une vie de l'auteur et un examen de chacun de ses ouvrages, par M. Saint-Marc Girardin. *Paris, Garnier fr.*, 1869-1875. 4 vol. in-8, br. portrait de Racine et gravures de Staal.

223. OEuvres complètes de la Fontaine, nouvelle édition publiée par M. Louis Moland. *Paris, Garnier fr.,* 1862-1876. 6 vol. in-8, br.

224. OEuvres de Montesquieu, avec les notes de tous les commentateurs, édition publiée par L. Parrelle. *Paris*, *Lefèvre* (*de l'imprimerie de Jules Didot l'aîné*), 1826. 8 vol. in-8, portrait, demi-rel. avec coins mar. rouge, fil. tr. dor. éb. (*Brany.*)

225. OEuvres complètes de Voltaire, avec préfaces, notes et commentaires nouveaux par Ém. de la Bédollière et Georges Avenel, portrait par Ulysse Parent. *Paris, édition du journal le Siècle,* 1867. 9 vol. in-4, texte à 2 col. cart. en percal. n. rog.

226. Voltaire et la Société au XVIIIe siècle, par Gustave Desnoiresterres. *Paris, Didier*, 1871-1875. 8 vol. in-12, br.

227. Ouvrages sur Voltaire, réunion de 26 vol. in-8 et in-12, reliés et brochés.

Voltaire et Frédéric, par Gustave Desnoiresterres. *Paris, Didier*, 1870. In-8, cart. — Histoire complète de la vie de Voltaire, par Raoul d'Argental. *Paris*, 1878. In-8, br. — Le Dernier Volume des œuvres de Voltaire. *Paris, H. Plon*, 1862. In-8, br. — Voltaire et Rousseau, par Henry lord Brougham. *Paris, Amyot*, 1855. In-8, br. — Voltaire musicien, par Edm. Vander Straeten. *Paris, J. Baur*, 1878, In-8, br. — Les Vraies Lettres de Voltaire à l'abbé Moussinot, publiées par Courtat. *Paris, Ad. Lainé*, 1875. In-8, br. — Défense de Voltaire contre ses amis et ses ennemis, par Courtat. *Paris, Ad. Lainé*, 1872. In-8, br. — Voltaire. Six conférences de David-Frédéric Strauss, traduit de l'allemand par Louis Narval. *Paris, C. Reinwald*, 1876. In-8, br. — Voltaire. Lettres inédites sur la tolérance, publiées avec une introduction et des notes, par Ath. Coquerel. *Paris, Cherbuliez*, 1863. In-12, demi-rel. v. r. — Eugène Noël. Voltaire, sa vie, ses œuvres, sa lutte contre Rousseau. *Paris, M. Dreyfous*, 1878. In-12, br. — Voltaire, sa vie, ses œuvres, l'influence de ses idées dans la société, par Gustave Norga. *Paris, Aug. Ghio*, 1878. In-12, br. — Voltaire en exil, sa vie et son œuvre en France et à l'étranger, par B. Gastineau. *Paris*, 1878. In-12, br. — Voltaire et les Genevois, par J. Gaberel. *Genève*, 1856. In-12, br. — Voltaire à Paris, par Édouard Damilaville, récit complet et détaillé de l'arrivée et du séjour de Voltaire à Paris en 1778, sa dernière maladie, sa mort, etc. *Paris*, 1878. In-12, br. — Voltaire peint par lui-même, conférences par Guill. Lebroequy. *Bruxelles*, 1868. In-8, br. — Table alphabétique et analytique des matières pour les œuvres de Voltaire (édition Beuchot), par Miger. *Paris*, 1840. 2 vol. in-8, br. — Voltaire au collège, par Henri Beaume. *Paris, Amyot*, 1867. — Les Ennemis de Voltaire, par M. Charles Nisard. *Paris, Amyot*, 1853. — Voltaire. Siècle de Louis XIV. *Paris, Charpentier*, 1874. — Voltaire en Prusse, par Alb. Thiériot. *Paris, Sandoz*, 1878. — Voltaire et l'Église, par l'abbé Moussinot, 1878. — Frédéric II et Voltaire, par l'abbé V. Benard. *Paris, Douniol*, 1878. — Voltaire et la police, par L. Léouzon Le Duc. *Paris, Ambr. Bray*, 1867. — Voltaire et ses maîtres, par Alex. Pierron. *Paris, Didier*, 1866.

228. J.-J. Rousseau. — Essai sur la vie et le caractère de J.-J. Rousseau, par G.-H. Morin. *Paris, Ledoyen*, 1851. In-8, br. — J.-J. Rousseau, ses amis et ses ennemis, correspondance publiée par M. G. Streekeisen-Moulton. *Paris, Mich. Lévy fr.*, 1865. 2 vol. in-8, br. — J.-J. Rousseau et ses œuvres, biographie et fragments publiés par le comité du Centenaire. *Genève*, 1878. Pet. in-8, br. — Jean-Jacques Rousseau, sa vie et ses œuvres, par A. Meylan. *Paris*, 1878. — La Sagesse de J.-J. Rousseau, fragments des écrits de Rousseau accompagnés de diverses réflexions et de renseignements, par Amédée Roget. *Genève*, 1878. — Honneurs publics rendus à la mémoire de

J.-J. Rousseau, étude historique par J.-M. Paris. *Genève*, 1878; etc. Ens. 8 vol. ou brochures.

229. OEuvres complètes de Chamfort, recueillies et publiées, avec une notice historique sur la vie et les écrits de l'auteur, par P.-R. Auguis. *Paris, Chaumerot jeune*, 1824. 5 vol. in-8, br.

230. OEuvres complètes de Pierre-Augustin Caron de Beaumarchais. *Paris, Léopold Collin*, 1809. 7 vol. in-8, v. rac. dent. tr. marbr.

231. OEuvres inédites de Xavier de Maistre. Premiers essais, Fragments et correspondance avec une étude et des notes, par Eugène Reaume. *Paris, Alph. Lemerre*, 1877. 2 vol. pet. in-12, papier vélin teinté, br.

232. Même ouvrage, même édition, même condition.

Un des 21 exemplaires tirés sur PAPIER DE HOLLANDE.

233. Alfred de Musset. OEuvres complètes. *Paris, Alph. Lemerre*, 1876. 10 vol. — Biographie d'Alfred de Musset, par Paul de Musset. *Paris, Alph. Lemerre*, 1877. 1 vol. Ens. 11 vol. in-16, portrait, br.

Exemplaire sur PAPIER DE CHINE, avec les cartons.

---

234. OEuvres de Gœthe, traduction nouvelle par Jacq. Porchat. *Paris, L. Hachette*, 1861-1863. 11 vol. gr. in-8, portrait, jolie demi-rel. avec coins mar. rouge, dos orné, fil. tr. supér. dor. n. rog.

Poésies diverses, 2 vol. — Théâtre, 3 vol. — Poèmes, 1 vol. — Wilhelm Meister, 2 vol. — Mémoires, 1 vol. — Voyages en Suisse et en Italie, 1 vol. — Mélanges, 1 vol.

Le tome Ier est en 2 parties.

Exemplaire sur GRAND PAPIER VÉLIN, tiré à petit nombre.

En tête du tome Ier on a ajouté un portrait détaché de Gœthe sur son lit de mort, dessin au crayon daté de 1832.

---

235. Le Trésor littéraire de la France, recueil en

prose et en vers de morceaux empruntes aux écrivains les plus renommés et aux personnages les plus remarquables de notre pays, depuis le XIIIe siècle jusqu'à nos jours, publié par la Société des gens de lettres. — Les Prosateurs. *Paris, L. Hachette*, 1876. Gr. in-8, demi-rel. plats toile, tr. dor.

236. Mélanges de littérature et d'histoire, recueillis et publiés par la Société des bibliophiles français. *A Paris, de l'imprimerie de Crapelet*, 1850 (*Lahure*, 1856-1867). 3 vol. in-8, papier vergé, demi-rel. avec coins mar. bleu, fil. tr. supér. dor. éb. Reliure uniforme. (*Raparlier.*)

237. Publications de la Société des bibliophiles belges. — La Justification du seigneur Richard de Mérode touchant sa querelle avec Don Rodrigue de Benavides, publié avec une introduction par Ch. Ruelens. — Le Pas de la Mort, poème inédit de Pierre Michault, suivi d'une traduction flamande de Colyn Cœllin, publié avec une introduction par Jules Petit. — Recueil de chansons, poèmes et pièces en vers français relatifs aux Pays-Bas. *Bruxelles, Fr.-J. Olivier*, 1870. Ens. 4 vol. in-8, cart.

238. Bibliothèque de poche, par une Société de gens de lettres et d'érudits, variétés curieuses et amusantes, des sciences, des lettres et des arts. *Paris, Paulin*, 1845-1855. 10 vol. in-12, demi-rel. avec coins mar. bleu, dos orné, fil. tr. supér. dor. n. rog. (*Raparlier.*)

Joli exemplaire. Cette collection est ainsi composée : 1. Curiosités littéraires. — 2. Curiosités bibliographiques, par Ludovic Lalanne. — 3. Curiosités biographiques. — 4. Curiosités des traditions, des mœurs et des légendes, par L. Lalanne. — 5. Curiosités historiques. — 6. Curiosités des inventions et découvertes. — 7. Curiosités de l'archéologie et des beaux-arts. — 8. Curiosités militaires. — 9. Curiosités philologiques, géographiques et ethnologiques. — 10. Curiosités anecdotiques.

239. Bibliothèque des Curiosités. *Paris, Ad. Dela-*

haye, 1859-1862. Ens. 8 vol. in-12, jolie demi-rel. avec coins mar. bleu, dos orné, fil. tr. supér. dor. éb. (*Raparlier.*)

Curiosités judiciaires, historiques, anecdotiques, recueillies et mises en ordre par B. Warée. — Curiosités de l'histoire de France, par P. Lacroix. 2 vol. — Curiosités de l'histoire des arts. — Curiosités de l'histoire des croyances populaires au moyen âge. — Curiosités théologiques. — Curiosités de l'économie politique. — Curiosités des sciences occultes.

240. Nouvelle Collection Jannet. *Paris*, *E. Picard et A. Lemerre*, 1867-1877. 9 vol. in-12, cart. en percal. bleu, n. rog.

Baron. L'Homme à bonnes fortunes. — Malherbe. — Regnier. — Villon. — La Princesse de Clèves. — Souvenirs de Mme de Caylus. — Poésies de Charles d'Orléans (tome Ier). — Restif de la Bretonne. Les Contemporaines. 2 vol.

241. Nouvelle Bibliothèque classique des éditions Jouaust. *Paris, Libr. des bibliophiles*, 1876. 9 vol. in-12, br.

Montesquieu. Considérations sur les causes de la grandeur des Romains. — Satyre Menippée. — Œuvres poétiques de Boileau, suivies d'œuvres en prose, publiées avec notes et variantes par P. Chéron, 2 vol. — Œuvres de Mathurin Regnier. — Mémoires du chevalier de Grammont. — Théâtre de J.-Fr. Regnard, publié avec une notice et des notes par G. d'Heilly, 2 vol. — Œuvres de P.-L. Courier (tome Ier).

242. Petite Bibliothèque Charpentier, collection de chefs-d'œuvre. *Paris*, *typ. G. Chamerot*, 1878. Ens. 7 vol. in-18, eaux-fortes, br.

Th. Gautier. Mademoiselle de Maupin, 2 vol. — Fortunio. — Contes choisis de Alph. Daudet. — Lui et Elle, par Paul de Musset. — Mes Prisons, mémoires de Silvio Pellico, traduction et notices par M. Ant. de Latour. — Colomba, par Prosper Mérimée.

243. Collection choisie, publiée sous la direction littéraire de M. Anatole France. *Paris*, *Charavay* (*impr. Cl. Motteroz*), 1879. Ens. 5 vol. in-8, carrés, papier de Hollande, br.

A. de Vigny et Ch. Baudelaire, candidats à l'Académie française, étude par Ét. Charavay. — Lucile de Chateaubriand, ses Contes, ses Poèmes, ses Lettres, précédés d'une étude sur sa vie par Anatole France. — Les Académiciens, comédie par Saint-Évremond, étude par Robert de Bonnières. — Prosper Mérimée, ses portraits, ses dessins, sa bibliothèque, étude par Maurice Tourneux. — Lettres grecques de madame Chénier, précédées d'une étude sur sa vie par S. de Bonnières.

HISTOIRE

I. HISTOIRE DE FRANCE

244. Dictionnaire critique de biographie et d'histoire, par A. Jal. *Paris, Henri Plon*, 1867. Fort vol. in-8, texte à 2 col. demi-rel. avec coins mar. rouge, tr. supér. dor. n. rog. (*Raparlier.*)

245. L. Laviconterie. Les Crimes des rois de France, depuis Clovis jusqu'à Louis XVI. *Paris, et Lyon*, 1791. In-8, figures, demi-rel. bas. — Les Crimes des reines de France, depuis le commencement de la monarchie jusqu'à Marie-Antoinette, publiés par L. Prudhomme. *Paris et Lyon*, 1791. In-8, figures, demi-rel. bas.

246. Le Comte de Ladevèze. — Les Règnes mérovingiens et l'Empire d'Occident sous Charlemagne. — Les Deux Dynasties carlovingienne et angevine. La France féodale. *Paris, Garnier fr.*, 1859, 1862, 1866. 3 vol. in-8, br.

247. Histoire de saint Louis, par Jean, sire de Joinville, suivie du Credo et de la Lettre à Louis X, texte ramené à l'orthographe des chartes du sire de Joinville et publié pour la Société de l'histoire de France par M. Natalis de Wailly. *Paris, Mme Vve Jules Renouard*, 1868. In-8, demi-rel. avec coins mar. rouge, fil. tr. supér. dor. ébarb. (*Brany.*)

248. Registre criminel du Châtelet de Paris, du 6 septembre 1389 au 18 mai 1392, publié pour

la première fois par la Société des bibliophiles françois. *A Parie, imprimé par Ch. Lahure, avec les caractères de la Société des bibliophiles françois,* 1861-1864. 2 vol. in-8, papier vergé, demi-rel. avec coins mar. bleu, fil. tr. supér. dor. n. rog. (*Raparlier.*)

249. Mémoires de Philippe de Commynes, nouvelle édition, revue sur les manuscrits de la Bibliothèque royale et publiée avec annotations et éclaircissements par Mlle Dupont. *Paris, Jules Renouard,* 1840-1847. 3 vol. in-8, demi-rel. avec coins mar. rose foncé, dos orné, fil. tr. supér. dor. éb. (*Brany.*)

250. La Chronique scandaleuse, publiée par Octave Uzanne, avec préfaces, notes et index. *Paris, A. Quantin,* 1879. Gr. in-8, papier vélin teinté, frontispice gravé, br.

Tiré à petit nombre.

251. Le Bon Chevalier sans paour et sans reprouche; avec une préface, par M. Michaud. *Paris, Méquignon-Havard,* 1829. Pet. in-12, mar. bleu, fil. dent. int. tr. dor.

252. Satyre Ménippée..... augmentée de notes tirées des éditions de Du Puy et de Le Duchat, et d'un commentaire historique, littéraire et philologique, par Ch. Nodier. *Paris, N. Delangle et Dalibon,* 1824. 2 vol. in-8, figures, demi-rel. avec coins mar. rouge, fil. tr. supér. dor. éb. (*Brany.*)

Bel exemplaire orné des figures de Devéria; épreuves AVANT LA LETTRE.

253. Choix de chroniques et mémoires sur l'histoire de France, avec notices biographiques, par J.-A.-C. Buchon. — Chronologie novénaire de Palma-Cayet. *Paris, A. Desrez,* 1836. 2 gr. vol. in-8, texte à 2 col. br.

254. Commentaires et Lettres de Blaise de Montluc,

maréchal de France, édition revue sur les manuscrits et publiée avec les variantes pour la Société de l'histoire de France, par M. Alph. de Ruble. *Paris, Vve Jules Renouard*, 1864-1872. 5 vol. in-8, br.

255. Procès criminel de Jehan de Poytiers, seigneur de Saint-Vallier, publié d'après les manuscrits originaux de la Bibliothèque impériale, avec une introduction et des notes, par Georges Guiffrey. *Paris, Lemerre*, 1867. Gr. in-8, papier vergé, titre gravé et figure, demi-rel. avec coins mar. rouge, fil. tr. supér. dor. éb. (*Allô.*)

256. Journal de Jean Héroard sur l'enfance et la jeunesse de Louis XIII (1601-1628), extrait des manuscrits originaux, par MM. Eud. Soulié et Ed. de Barthélemy. *Paris, Firm.-Didot fr.*, 1868. 2 vol. in-8, br.

257. Le Roi chez la Reine, ou Histoire secrète du mariage de Louis XIII et d'Anne d'Autriche, par Armand Baschet. *Paris, A. Aubry*, 1864. In-8, demi-rel. avec coins mar. vert, jans. tr. supér. dor. éb.

258. Voltaire. Siècle de Louis XIV. *Paris, Dalibon*, 1825. 3 vol. in-8, demi-rel. avec coins mar. rouge, fil. tr. supér. dor. n. rog. (*Brany.*)

Exemplaire sur papier vélin. Ces trois volumes forment les tomes XXV, XXVI, et XXVII des Œuvres complètes.

259. La Muse historique, ou Recueil des lettres en vers contenant les nouvelles du temps écrites à Son Altesse mademoiselle de Longueville, depuis duchesse de Nemours (1650-1665), par J. Loret, nouvelle édition publiée par MM. J. Ravenel et Ed.-V. de la Pelouze. *Paris, P. Jannet*, 1857-1878. 3 vol. in-8, le premier en demi-rel. v. f. tr. jasp. les 2 autres br.

260. Histoire anecdotique de la jeunesse de Mazarin,

traduite de l'italien avec des notes historiques et biographiques, par C. Moreau. *Paris, J. Techener*, 1863. In-12, demi-rel. avec coins mar. vert, dos orné, fil. tr. supér. dor. éb. (*Petit-Simier.*)

261. La Jeunesse de Mazarin, par M. Victor Cousin. *Paris, Didier*, 1865. In-8, demi-rel. mar. la Vall. fil. tr. supér. dor. éb.

262. Les Nièces de Mazarin, mœurs et caractères au XVIIe siècle, par Amédée Renée. *Paris, Firmin-Didot fr.*, 1858. In-8, demi-rel. avec coins mar. vert, jans. tr. supér. dor. éb.

263. Mémoires de Mlle de Montpensier, petite-fille de Henri IV, collationnés sur le manuscrit autographe avec notes biographiques et historiques, par A. Chéruel. *Paris, Charpentier*, 1866. 4 vol. in-12, br.

264. Mémoires de Mme de Motteville sur Anne d'Autriche et sa cour, nouvelle édition, publiée par M. F. Riaux et une notice sur Mme de Motteville, par M. Sainte-Beuve. *Paris, Charpentier*, 1869. 4 vol. in-12, br.

265. Registres de l'Hôtel de Ville de Paris pendant la Fronde et publiés pour la Société de l'histoire de France, par MM. Le Roux de Lincy et Douet d'Arc. *Paris, Jules Renouard*, 1846-1848. 3 vol. in-8, demi-rel. avec coins mar. rose foncé, dos orné, fil. tr. supér. dor. éb. (*Brany.*)

266. Œuvres du cardinal de Retz, nouvelle édition, revue sur les autographes et sur les plus anciennes impressions, etc., par M. Alphonse Feillet. *Paris, L. Hachette*, 1872-1880. 5 vol. in-8, br.

De la collection des *Grands Écrivains de la France.*
Exemplaire sur GRAND RAISIN VÉLIN collé.

267. Mémoires du comte de Coligny-Saligny, publiés pour la Société de l'histoire de France, par

M. Monmerqué. *Paris, J. Renouard*, 1841. In-8, demi-rel. avec coins mar. rose foncé, dos orné, fil. tr. supér. dor. éb. (*Brany.*)

268. Correspondance inédite de la duchesse de Bourgogne et de la reine d'Espagne, petite-fille de Louis XIV, publiées par Mme la comtesse Della Rocca. *Paris, Mich. Lévy fr.*, 1865. In-12, jolie demi-rel. avec coins mar. vert, dos orné, fil. tr. supér. dor. éb. (*Hardy-Mennil.*)

Bel exemplaire illustré de 31 portraits divers et de 6 portraits dessinés par Baudet-Bauderval.

269. Souvenirs de madame de Caylus, nouvelle édition, avec une introduction et des notes, par M. Charles Asselineau. *Paris, J. Téchener*, 1860. In-12, portrait et figures, demi-rel. avec coins mar. bleu, tr. supér. dor. n. rog.

Portrait et figures en doubles épreuves.

270. Les Historiettes de Tallemant des Réaux. Troisième édition, entièrement revue sur le manuscrit original et disposée dans un nouvel ordre, par MM. de Monmerqué et Paulin Paris. *Paris, J. Techener*, 1854-1860. 9 vol. in-8, demi-rel. avec coins mar. bleu, fil. tr. supér. dor. éb. (*Alló.*)

Très-bel exemplaire auquel on a ajouté un grand nombre de portraits dont voici, par volume, la description abrégée :

Tome Ier : Malherbe gravé par Hopwood, *épreuve sur chine;* Anne d'Autriche, portrait en médaillon, gravé par Ceroni d'après Petitot ; Marie-Thérèse d'Autriche (gravée par les mêmes); Gaston d'Orléans (gravé par les mêmes) ; Mme de Montespan (gravé par les mêmes); M. T. Cicero, gravé par Saint-Aubin ; le grand Condé (gravé par le même); Mlle de Valois, gravée par Céroni d'après Petitot, épreuve avec et *avant la lettre* sur chine; Molière, gravé par Dequevauvilliers d'après Coypel, joli portrait avec bas-relief, *Molière consultant sa servante* ; J. de la Fontaine, gravé par Saint-Aubin, Ch. Le Brun, gravé par le même; Racine, gravé par le même; Saint-Évremond; par le même, etc.

Tome IIe : Turenne, gravé par Saint-Aubin ; Molière, premier état d'eau-forte ; Boileau, gravé par Blanchard, *épreuve sur chine avant la lettre ;* Montaigne, gravé par Saint-Aubin ; Mme de Chevreuse, gravé par Céroni d'après Petitot, *épreuve sur chine avant la lettre ;* Colbert, gravé par Saint-Aubin ; Ninon de l'Enclos, gravé par le même; la même, gravée par Céroni d'après Petitot ; la duchesse de Mazarin, gravée par le même, *épreuve avec et avant la lettre;* Mme de la Sablière dans un jardin, assise ; la Fontaine debout, lisant une fable, gravé par Gérault d'après Devéria, *épreuve avant la lettre;* Villarceaux, gravé par Céroni d'après Petitot ; Bourdaloue, gravé par Bertonnier, *épreuve sur chine;* Mme de Montespan, gravée par Céroni d'après Petitot, *épreuve sur chine avant la lettre,* la même, gravée par Saint-Aubin; Bossuet, gravé par Hopwood; Mlle de la Vallière, gravée par Céroni d'après Petitot; la même en pied, gravée par W. Holl. d'après, G. Staal, etc.

Tome IIIe: Le comte de Grignan, Mme de Combalet, Turenne, le marquis de Lavardin, Louis-Marie Letellier, Mme Deshoulières, Mme de Montbazon, Mme de la Suze, ces 8 portraits sont gravés par Céroni d'après Petitot, celui de Mme Deshoulières est en double état (*avec et avant la lettre*). P. Corneille, Bossuet, gravés par Saint-Aubin; Molière, gravé par Lignon d'après Fragonard; La Rochefoucauld, gravé par Bertonnier; Bossuet, gravé par Pauquet en 1815 d'après Rigaud (1er *état d'eau-forte*); Marot, gravé sur acier par Hopwood; Montaigne, gravé par Alex. Tardieu d'après Cocaskis, etc.

Tome IVe: Villars, la comtesse d'Olonne, Jean Petitot, Mari e de Bourbon duchesse de Montpensier, Anne de Gonzague, princesse Palatine, madame Scarron, ces 6 portraits sont gravés par Céroni d'après Petitot; Ninon de l'Enclos, portrait publié par Renouard; la même, gravée par Céroni d'après Petitot, *épreuve sur chine avant la lettre;* La Fontaine, épreuve en 1er état d'eau-forte; Mme de Montbazon, gravée par Céroni d'après Petitot, *épreuve sur chine avant la lettre;* Molière, gravé par Pelée d'après Devéria; François Ier, gravé par Leroux d'après le Titien, *épreuve sur chine avant la lettre,* etc.

Tome Ve : Turenne par Céroni, *épreuve sur chine avant la lettre.* Henriette d'Angleterre, gravée par Céroni *avec et avant la lettre.* Henri IV, gravé par Dequevauvilliers, *sur chine avant la lettre.* Mlle de Montpensier, gravée par Céroni; Molière, gravé par D. Hue d'après Desenne (onze scènes de son théâtre, gravées en médaillon entourent son portrait). Boileau, gravé par Saint-Aubin, Mme Deshoulières, gravée par Tardieu d'après S. Chéron; Tourville, gravé par Céroni d'après Petitot (2 états avec et avant la lettre); Louvois, superbe portrait du siècle dernier; Marguerite de Lorraine, Mme de Sévigné, Christine de Suède, ces trois portraits gravés par Céroni; Quinault, gravé sur acier par Hopwood, etc.

Tome VIe : Montaigne, gravé sur acier par Hopwood; Molière, gravé par Ambroise Tardieu d'après le tableau de Mignard; Mme de Montespan, gravée par Saint-Aubin; l'abbé Vertot, gravé par G. Langlois; Ninon, Mme de La Suze, Petitot, la princesse de Condé, Monsieur frère du roi Louis XIV, etc. 11 portraits, gravés par Céroni d'après Petitot. (*Ces portraits sont sur chine avant la lettre.*)

Tome VIIe : Mme de Sévigné, gravée par Saint-Aubin; Ninon de Lenclos, gravée par le même ; Mme de la Vallière, gravée par le même; Cromwel, gravé par Aubert; Molière, gravé par Saint-Aubin, *épreuve sur chine avant la lettre ;* Racine, d'après Santerre; Molière, superbe portrait gravé par Hopwood et Olivier d'après Chenavard; Corneille, par Saint-Aubin; 16 portraits de la collection Petitot, gravés par Céroni, 10 sont *avant la lettre.*

Les tomes VIIIe et IXe n'ont pas de portraits.

Le nombre des portraits ajoutés forment un total de 171 pièces.

271. Journal du marquis de Dangeau, publié en entier pour la première fois par MM. Soulié, Dussieux, de Chennevières, Mantz, de Montaiglon, avec les additions inédites du duc de Saint-Simon, publiées par M. Feuillet de Conches. *Paris, Fir-*

min-Didot fr., 1854-1860. 19 vol. in-8, cart. percal. n. rog.

L'œuvre de Dangeau est le tableau le plus fidèle et le plus complet de l'histoire de la cour de Louis XIV et de la famille royale.

272. Mémoires de Saint-Simon, nouvelle édition publiée par A. de Boislisle. *Paris, Hachette*, 1879. 2 vol. in-8 (tomes 1 et 2), brochés.

De la collection des *Grands Écrivains de la France*.
Exemplaire sur GRAND RAISIN VÉLIN COLLÉ.

273. Mémoires du duc de Saint-Simon, publiés par MM. Chéruel et Ad. Regnier fils, et collationnés de nouveau pour cette édition sur le manuscrit autographe avec une notice de M. Sainte-Beuve. *Paris, Hachette*, 1873-1877. 20 vol. in-12, cart. percal. grenat, n. rog.

Le tome XXe, contenant la *Table analytique*, est broché.

274. La Société française au XVIIe siècle, d'après le Grand Cyrus de Mlle de Scudéry, par M. Victor Cousin. *Paris, Didier*, 1858. 2 vol. in-8, demi-rel. avec coins mar. la Vall. jans. tr. supér. dor. éb.

275. Études sur les femmes illustres et la société du XVIIe siècle, par Victor Cousin. *Paris, Didier*, 1855-1861. 6 vol. in-8, portrait, demi-rel. avec coins mar. la Vall. jans. tr. supér. dor. n. rog.

La Jeunesse de madame de Longueville. — Madame de Longueville pendant la Fronde. — Madame de Chevreuse. — Madame de Hautefort et madame de Chevreuse. — Madame de Sablé. — Jacqueline Pascal.

276. L'Homme au masque de fer, par Marius Topin. *Paris, Didier et E. Dentu*, 1870. In-8, demi-rel. mar. rouge, jans. tr. supér. dor. éb. (*Brany*.)

Un des 15 exemplaires tirés sur papier de Hollande.

277. Correspondance administrative, sous le règne de Louis XIV, entre le cabinet du Roi, les secrétaires d'État, le chancelier de France et les intendants et gouverneurs des provinces, etc., recueil-

lie et mise en ordre par G.-B. Depping. *Paris, Impr. nationale*, 1850-1855. 4 vol. in-4, cart.

278. Documents authentiques et détails curieux sur les dépenses de Louis XIV, par Gabr. Peignot. *Paris, J. Renouard et V. Lagier*, 1827. In-8, portrait, demi-cart. percal. grise, n. rog.

279. Paul Lacroix. XVIIIe siècle, institutions, usages et costumes, France, 1700-1789. *Paris, Firm.-Didot fr.*, 1875. In-4, figures, br.

Ouvrage illustré de 21 chromolithographies et de 350 gravures sur bois.

280. Paul Lacroix. XVIIIe siècle, lettres, sciences et arts, France, 1700-1789. *Paris, Firm.-Didot*, 1878. In-4, figures, br.

Ouvrage illustré de 16 chromolithographies et de 250 gravures sur bois (dont 20 tirées hors texte).

281. LA FEMME AU DIX-HUITIÈME SIÈCLE, par Edm. et Jules de Goncourt. *Paris, Firm.-Didot fr.*, 1862. In-8, demi-rel. avec coins mar. vert, dos orné, fil. tr. supér. dor. éb. (*Hardy-Mennil.*)

Bel exemplaire illustré de nombreux portraits ajoutés, parmi lesquels (en tête du volume) un frontispice orné, dessiné en couleur par Baudet-Bauderval et contenant les portraits en médaillon de Mme de Tencin, Mlle Aïssé, Mme de Pompadour, Mme du Deffand et Sophie Arnould; Mme de Lamballe, gravé par Hopwood; Amélie de Boufflers, portrait anglais; Mme de Graffigny par Desenne, *épreuve sur chine avant la lettre*, Mme d'Épinay, dessin au crayon de Baudet-Bauderval; Mlle de Lespinasse, par Carmontelle, *épreuve sur chine avant la lettre*; Mlle Dutey, gravé par Lebeau, *superbe épreuve ancienne*; Mlle Colombe du Théâtre-Italien, portrait en couleur; Mme de Saint-Hubert, de l'Académie royale de musique, épreuve ancienne, joli portrait en médaillon; Marie-Antoinette, par Marckl, *épreuve sur chine*; la marquise du Châtelet, par G. Langlois, avec la date de 1786, très-beau portrait; etc.

Le nombre des portraits ajoutés forme un total de 48 pièces.

282. Chronique de la Régence et du règne de Louis XV (1718-1763), ou Journal de Barbier. *Paris, Charpentier*, 1866. 8 vol. in-12, br.

283. Le Secret du Roi, correspondance secrète de Louis XV avec ses agents diplomatiques, 1752-1774, par le duc de Broglie. *Paris, Calmann-Lévy*, 1879. 2 vol. in-8, br.

284. Louis XV et sa famille, d'après des lettres et des documents inédits, par Honoré Bonhomme. — Les Dernières Années de Louis XV (1768-1774), par Imbert de Saint-Amand. — Le Fils de Louis XV, Louis, dauphin de France (1729-1765), par Emm. de Broglie. — Louis XVII, sa vie, son agonie, sa mort, captivité de la famille royale au Temple, par M. A. de Beauchêne. 2 vol. *Paris, Dentu et Plon*, 1872-1877. Ens. 5 vol. in-12, br.

285. Mémoires du duc de Luynes sur la cour de Louis XV (1735-1758), publiés par MM. L. Dussieux et Eud. Soulié. *Paris, Firm.-Didot fr.*, 1860-1865. 17 vol. in-8, cart. percal. grenat, n. rog.

Le tome IIe est broché.

286. MAURICE, COMTE DE SAXE, et Marie-Josèphe de Saxe, dauphine de France, lettres et documents inédits des archives de Dresde, publiés par M. le comte C.-F. Vitzthum d'Erckstaedt. *Leipzig, Paris et Londres*, 1867. Gr. in-8, portraits, demi-rel. avec coins mar. rouge, dos orné, fil. tr. sup. dor. n. rog. (*Hardy-Mennil.*)

Bel exemplaire enrichi des portraits suivants : le maréchal de Saxe, joli portrait gravé en 1766 par de Marcenay; Voltaire, par Le Beau, d'après Marillier; le maréchal de Noailles (joli portrait ancien en médaillon); Louis XV, roi de France, gravé par J. Chereau (le Roi passe la revue de sa cavalerie), Mme de Pompadour, Marie Lecziuska, Frédéric, roi de Prusse, par Desenne; Phélipeaux, comte de Maurepas; Louis, dauphin de France; Marie-Josèphe de Saxe; Adrienne Lecouvreur (publié par l'artiste); le duc de Villars; etc., etc.

Cet exemplaire renferme 47 pièces ajoutées.

287. Le Maréchal de Richelieu et Mme de Saint-Vincent, par M. Mary-Lafon. *Paris, Didier*, 1863. In-8, demi-rel. mar. bleu, tête jasp. n. rog.

288. Journal des Inspecteurs de M. de Sartines. *Bruxelles et Paris*, 1863. In-12, demi-rel. avec coins mar. vert, jans. fil. tr. supér. dor. n. rog.

On a joint en tête de cet exemplaire une lettre autographe de 3 pages, signée de Sartines.

Papier chamois, tiré à cent exemplaires.

289. Anecdotes sur madame la comtesse Du Barry (par Mathieu-François Pidansat de Mairobert). (*Londres*) 1776. In-8, cart. n. rog.

290. La Comtesse de Rochefort et ses amis, études sur les mœurs en France au XVIIIe siècle, avec des documents inédits, par Louis de Loménie. *Paris, Mich. Lévy fr.*, 1870. In-8, demi-rel. mar. bleu, jans. tr. supér. dor. éb. (*Brany.*)

291. JOURNAL ET MÉMOIRES DE CHARLES COLLÉ sur les hommes de lettres, les ouvrages dramatiques et les évènements les plus mémorables du règne de Louis XV (1748-1772); nouvelle édition, publiée avec une introduction et des notes par Honoré Bonhomme. *Paris, Firm.-Didot fr.*, 1868. 3 vol. in-8, demi-rel. avec coins, mar. jonq. dos orné, fil. tr. sup. dor. éb. (*Hardy.*)

Bel exemplaire illustré de nombreux portraits ajoutés, au nombre d'environ 184, répartis dans ces trois volumes.

Nous mentionnerons les suivants :

Tome Ier. — Voltaire gravé par Pourvoyeur, d'après de La Tour, *épreuve sur chine avant la lettre;* Crébillon, gravé par Duhamel, portrait du siècle dernier; Gresset, gravé par Hopwood d'après Greuze; Mme de Châteauroux, gravée par Céroni d'après Nattier ; la princesse de Conti, dessin au crayon par Baudet-Bauderval ; de la Popelinière, dessin par le même; Georges de Brunswick, portrait anglais; le président Hénault, gravé par Gaucher d'après Cochin, portrait du siècle dernier gravé en médaillon ; Voyer de Paulmy d'Argenson, gravé par de Marcenay d'après Nattier, portrait du siècle dernier ; Mme de Vintimille, gravée par Céroni d'après Nattier ; Montesquieu, gravé sur acier par Ethiou d'après Johannot, *épreuve sur chine avant la lettre;* Crébillon, gravé par Bertonnier ; la marquise du Châtelet, gravée par P.-G. Langlois en 1786, d'après le tableau de Marie-Anne Loir ; Amelot, portrait ovale remonté; Chr. de Beaumont, archevêque de Paris, par Hubert ; J.-B. Leblanc, historiographe des bâtiments du roi, portrait en médaillon gravé en 1777 par Saint-Aubin d'après Cochin ; Mme Favart, gravée par Chenu d'après Garaud; J.-J. Cassanéa de Mondoville, maître de chapelle de la musique du Roi, portrait en médaillon gravé en 1768 par Saint-Aubin d'après Cochin ; Poullain de Saint-Foix, gravé par Marillier et N. Le Mire, d'après le tableau de Pougin de Saint-Aubin ; Bacon, gravé par Pigeot fils, d'après Devéria; A. Le Couvreur, gravé par Migneret d'après Devéria ; Mlle Gaussin, de la Comédie-Française, portrait gravé à l'eau-forte en 1859 par Hillemacher; Mlle Clairon, gravée à l'eau-forte par le même; Mlle Dangeville, gravée par le même; Piron, portrait gravé sur acier par Hopwood, *épreuve sur chine avant la lettre ;* Le Sage, gravé sur acier par le même; Mme de Graffigny, gravée par R. de Launay, *épreuve sur chine avant la lettre;* P. de la Place, portrait en médaillon gravé en 1762 par Cochin; le maréchal de Saxe, gravé par C. Hulot, *épreuve sur chine avant la lettre*; de Bellecour, portrait gravé à l'eau-forte par Fr.

Hillemacher ; d'Alembert, portrait gravé par Hopwood ; Crébillon, gravé sur acier par Hopwood, *épreuve sur chine avant la lettre* ; J.-M. Pierre, peintre du roi, portrait en médaillon gravé en 1775 par Saint-Aubin, d'après Cochin ; Destouches, gravé sur acier par Hopwood d'après Largillière ; Noverre, gravé par J. Saunders ; Molé, de la Comédie-Française, gravé à l'eau-forte par Fr. Hillemacher ; Pierre Jeliote, de l'Académie royale de musique, portrait en médaillon gravé en 1771 par Saint-Aubin, d'après Cochin, etc.

Tome II. — Voltaire, gravé par Jo. Mollison ; Montesquieu, gravé par Fauchery d'après Chasselat, *épreuve avant la lettre* ; Mlle Quinault, dessin au crayon par Baudet-Bauderval ; le cardinal de Fleury, gravé par A. Roffe d'après Hip. Rigaud, *épreuve sur chine* ; Voltaire, portrait en buste, dessiné et gravé par Alex. Tardieu, d'après Houdon ; de Grandval, gravé à l'eau-forte par Fr. Hillemacher ; J.-J. Rousseau, gravé par Saint-Aubin ; Bernard, gravé par Guyard, *épreuve avant la lettre, chine ;* Mlle du Mesnil, gravée à l'eau-forte par Fr. Hillemacher ; l'empereur Charles VI, gravé par Desrochers ; Colardeau, par Devéria, *épreuve sur chine avant la lettre* ; Louis de Boissy, gravé d'après Cochin ; C. Fréron, beau portrait gravé par Hubert en 1770 d'après Cochin ; Sophie Arnould, portrait ovale gravé par A. Riffaut d'après de la Tour ; le duc de la Vallière, d'après Cochin ; Mme de Graffigny, portrait en pied gravé par Goulu d'après Desenne, *épreuve sur chine avant la lettre ;* le comte d'Argental, portrait en buste gravé par Fossoyeux d'après Defraine ; Dorat, portrait en médaillon gravé par Dupin ; B.-J. Saurin, gravé par A. d'Elvaux en 1780 ; Ch. Palissot, gravé par P. Choffard en 1788, d'après Ch. Monnet ; Mme Préville, gravée à l'eau-forte par Fr. Hillemacher ; Marivaux, gravé par Bertonnier, *épreuve sur chine avant la lettre ;* Augé, gravé à l'eau-forte par Fr. Hillemacher ; la Harpe, gravé sur acier par Hopwood, *épreuve sur chine avant toute lettre ;* Mlle Luzy, gravée à l'eau-forte par Fr. Hillemacher ; Mme de Pompadour, gravée par Céroni d'après la miniature de Boucher, etc.

Tome III. — Piron, gravé par Bertonnier, *épreuve sur chine avant la lettre* ; Fr. Cailhava, gravé par Gaucher en 1780 ; Regnard, *avant toute lettre* (portrait moderne) ; Voisenon, gravé par Cathelin en 1764 ; Mlle Marquise, dessin au crayon par Baudet-Bauderval ; Mlle de Saint-Val l'aînée, gravée à l'eau-forte par Fr. Hillemacher ; Ant. Thomas, de l'Académie française, portrait en médaillon gravé par D*** d'après Cochin ; Mlle Beaumesnil, dessin au crayon par Baudet-Bauderval ; Cl.-Jos. Dorat, gravé par de Launay d'après Denon ; le marquis de Marigny, portrait en médaillon d'après Cochin ; J.-H. Marchand, avocat et censeur royal, gravé par Mme Lingée d'après A. Pujol ; Nivelle de la Chaussée, gravé par Ingouf d'après de la Tour ; Mme Vestris, gravée à l'eau-forte par Fr. Hillemacher ; Mme Bellecourt, portrait en pied, dessin au crayon et coloris ; Thomas Corneille, gravé par Ensom d'après Deveria, *épreuve sur chine avant la lettre* ; Caron de Beaumarchais, gravé par Guyard d'après Devéria, *épreuve avant la lettre ;* Le Kain, gravé à l'eau-forte par Hillemacher ; A. de Paradis de Moncrif, gravé par Ingouf ; La Harpe, gravé sur acier par Hopwood ; de Maupeou, chancelier, gravé par Lebeau d'après Marilly, très-beau portrait avec armoiries en bas-relief ; Mme du Barry, gravée par Céroni d'après Drouais ; Marie-Josèphe-Louise, princesse de Savoie, gravée par Duhamel d'après Queverdo, beau portrait avec armoiries ; Louis-François, prince de Conti, gravé par Lebeau d'après Desrais, portrait avec armoiries ; Du Gazon, gravée à l'eau-forte par Fr. Hillemacher ; Louis Phelipeaux, duc de la Vrillière, gravé par Lebeau d'après Marillier ; superbe portrait avec armoiries ; Ducis, gravé sur acier par Corbould, etc.

292. E. et J. de Goncourt. Histoire de Marie-An-

toinette, édition ornée d'encadrements à chaque page par Giacomelli et de douze planches hors texte, reproduction d'originaux du XVIIIe siècle. *Paris, G. Charpentier*, 1878. In-4, figures gravées à l'eau-forte, br.

293. Marie-Antoinette et le procès du collier, d'après la procédure instruite devant le parlement de Paris, par Emile Campardon. *Paris, Henri Plon*, 1863. In-8, portraits et fac-similés, demi-rel. avec coins, mar. la Vall. dos orné, fil. tr. supér. dor. n. rog. (*Hardy-Mennil.*)

Ouvrage orné de la gravure en taille-douce du collier et enrichie de divers autographes inédits du roi, de la reine, du comte et de la comtesse de Lamothe.

On a ajouté à cet exemplaire un grand nombre de portraits, parmi lesquels celui de Marie-Antoinette gravé par L. Schiavonetti, d'après le tableau de Edw. Stroehling, très-beau portrait avec armoiries; la même, gravée par Félicie Fournier d'après Marckl, épreuve sur chine; la même, gravée par Bosselman, publiée par Furne; la même, gravée par Bonvoisin, épreuve sur chine; celui de Mme Campan, gravé par Dien, *épreuve avant la lettre*, sur chine; une vue de l'entrée de Trianon à Versailles; le portrait du prince de Rohan, gravé par Devère (avec armoiries); Mme Du Barry, gravée par Céroni d'après Drouais; Retaut de Villette, portrait du siècle dernier tiré au bistre; François d'Aligre, gravé par Hubert, portrait avec armoiries; le duc d'Orléans, gravé par Massard, épreuve sur chine; Louis XVI, gravé par le même, chine; Delaunay, gouverneur de la Bastille, gravé par Bonneville; le comte de Mirabeau, gravé par Massard, portrait avec armoiries; le prince Louis de Rohan-Guéménée, gravé par Cochin en 1765 d'après C.-P. Campion; la comtesse de Lamothe, gravée par Bonneville; Cagliostro, gravé par le même; G. de Vergennes, gravé par Vinkeles, etc.

Le nombre des portraits ajoutés forme un total de 37 pièces.

294. Marie-Antoinette. Correspondance entre Marie-Thérèse et le comte de Mercy-Argenteau, publiée avec une introduction et des notes par M. le chevalier Alfr. d'Arneth et A. Geffroy. *Paris, Firm.-Didot fr.*, 1874, 3 vol. gr. in-8, cart. en percal. grise, n. rog.

295. Souvenirs de la maréchale princesse de Beauvau (née Rohan-Chabot), suivis des Mémoires du maréchal prince de Beauvau, recueillis et mis en ordre par Mme Standish, née Noailles, son arrière-petite-fille. *Paris, Léon Techener*, 1872. In-8, portrait gravé par Hédouin, br.

296. Le Prince de Ligne. Caractères et portraits. 1756-1812. *Paris, Sandoz et Fischbacher*, 1879. Pet. in-12, papier vélin teinté, br.

297. Histoire de la Révolution française, par Ch. Lacretelle. Assemblée constituante. Convention nationale. Directoire exécutif. *Paris, A. Le Dentu*, 1844. 8 vol. in-8, br.

298. Tableaux de la Révolution française, publiés sur les papiers inédits du département et de la police secrète de Paris, par Adolphe Schmidt. *Leipzig*, 1867-1870. 3 vol. in-8, br.

299. Précis de l'histoire de la Révolution française, par Ernest Hamel. *Paris, Pagnerre*, 1870. In-8, demi-rel. mar. rouge, jans. tr. supér. dor. éb. (*Brany.*)

300. Histoire de la Révolution française (1789-1799), par Théod. H. Barrau. *Paris, Hachette*, 1874. — Histoire populaire de la Révolution française, par A. Rastoul. *Paris, Th. Olmer.* — Histoire populaire de la Révolution française, par Mme Ernest Duvergier de Hauranne. *Paris, Germer Baillière*, 1879. — Louis Combes. Episodes et curiosités révolutionnaires. *Paris, Georges Decaux.* — Le Vandalisme révolutionnaire, par Eug. Despois. *Paris, Germer Baillière*, 1868. — Amédée Le Faure. Le Socialisme pendant la Révolution française (1789-1798). *Paris, A. Lacroix*, 1867. Ens. 6 vol. in-12, br.

301. Calendrier de la Cour, tiré des éphémérides pour l'année 1789. Imprimé pour la famille royale et maison de Sa Majesté. *Paris*, 1789. In-18, cart. (Exemplaire en grand papier.) — L'Abeille aristocrate, ou Étrennes des honnêtes gens. *Rome et Paris*, 1790. In-12, bas. — Le Petit Almanach de nos grandes femmes, accompagné de

quelques prédictions pour l'année 1789. *Londres, s. d.* In-12, bas. ens. 3 vol.

302. Petit Journal du Palais-Royal, ou Affiches, annonces et avis divers (par J.-B.-M.-L. de la Reynie de la Bruyère). *Au Palais-Royal, de l'imprimerie du Caveau*, 1789. 6 numéros en 1 vol. in-8, demi-rel. avec coins chagr. viol. dos orné, fil. tr. marbr.

Petit journal curieux et rare. Bel exemplaire.

303. Révolutions de France et de Brabant (par Camille Desmoulins). *A Paris, chez Garnery, l'an I de la Liberté à l'an III.* 7 vol. in-8, figures cart. n. rog.

Très-bel exemplaire bien complet, composé de 104 numéros (du 28 novembre 1789 — 12 décembre 1791).

Les livraisons 27, 28 et 29 sont en doubles, elles ne se trouvent que dans peu d'exemplaires.

On a relié à la suite de chaque volume les couvertures de chaque numéro.

Camille Desmoulins ne continua ce journal que jusqu'à la fin de juillet 1791 (86 numéros); Dusaulchoy continua les Révolutions dans la même forme, et sous le nom de son fondateur il publia 18 numéros (87 à 104), qui sont joints à cet exemplaire et forment le tome VII.

304. Camille Desmoulins, opuscules de l'an premier de la Liberté. *Paris, Garnery, l'an premier.* In-8, demi-rel. chagr. brun. — Correspondance inédite de Camille Desmoulins, député à la Convention nationale, publiée par M. Matton aîné. *Paris, Ebrard*, 1836. In-8, portrait demi-rel. v. f. — OEuvres de Camille Desmoulins recueillies et publiées d'après les textes originaux par M. Jules Claretie. *Paris, Charpentier*, 1874. 2 vol. in-12, cart. en percal. rouge, ens. 4 vol.

305. Les Actes des Apôtres. (Novembre 1789 — octobre 1791). 311 numéros en 11 vol. in-8, cart. tr. jasp.

Une des feuilles royalistes les plus célèbres, et de toutes celles de l'époque la plus spirituelle et la plus piquante, fondée par Peltier.

Cet exemplaire est bien complet. Le dernier volume contient les 6 *petits paquets* (rares et recherchés). On y a ajouté les brochures suivantes : Domine salvum fac regem, 1789. — Pange lingua, suite du Domine, salvum fac regem, 1789. Les états généraux convoqués par Louis XVI. — Mémoire justificatif pour Louis XVI, ci-devant Roi des Français, par A.-J. D. G. (A.-J. Du Gour). *Paris, Dufort,* 1793. — Défense de Louis XVI prononcée par le citoyen De Sèze, 1792.

306. Journal des Amis de la Constitution, par Laclos. Du 21 novembre 1790 au 16 août 1791. 36 numéros en 3 vol. in-8, v. f. antiq.

Ce journal se trouve difficilement complet; il manque à cet exemplaire les six derniers numéros (37 à 41), qui sont fort rares selon Deschiens.

307. Histoire générale et impartiale des erreurs, des fautes et des crimes commis pendant la Révolution française, ornée de gravures et de tableaux. L. P. (par Louis Prudhomme). *Paris*, an V, 1797. 6 vol. in-8, figures, v. vert, antiq. tr. jasp.

308. Révolutions de Paris, dédiées à la nation et au district des Petits-Augustins, publiées par le sieur Prudhomme à l'époque du 12 juillet 1789 avec gravures et cartes des départemens du royaume. *Paris,* 12 juillet 1789 — 28 février 1794 (10 ventôse an II). 225 numéros en 17 vol. in-8, figures, v. antiq. tr. marbr.

Bel exemplaire bien complet.

309. Souvenirs sur Mirabeau et sur les deux premières Assemblées législatives, par Etienne Dumont. *Paris*, *Ch. Gosselin*, 1832, in-8. —Correspondance entre le comte de Mirabeau et le comte La Marck pendant les années 1789, 1790 et 1791, publiée par M. Ad. de Bacourt. *Paris, Ve Lenormant,* 1851, 3 vol. — Les Mirabeau, nouvelles études sur la société française au XVIIIe siècle, par Louis de Loménie. *Paris, E. Dentu,* 1789. 2 vol. — Ens. 6 vol. in-8, br.

310. Anacharsis Cloots, l'orateur du genre humain, par Georges Avenel. *Paris, A. Lacroix-Verbœckhoven,* 1865. 2 vol. in-8, br.

311. Le Parc au Cerf, ou l'origine de l'affreux déficit, par un zélé patriote (par L.-G. Bourdon).

A Paris, sur les débris de la Bastille, 1790. In-8, figure, demi-rel. avec coins mar. vert, jans. tr. supér. dor. br. (*Bertrand.*)

312. Almanach national de France, année commune M.DCC.XCIII, l'an IIme de la République. *Paris, de l'imprimerie de Testu.* In-8, carte, mar. rouge, dos orné, fil. tr. dor. (*Reliure ancienne.*)

313. Convention nationale. Premier (deuxième et troisième) Registre des dépenses secrètes de la cour, connu sous le nom de Livre rouge, apporté par des députés des corps administratifs de Versailles, le 28 février 1793. L'an deuxième de la République. Déposé aux Archives et imprimé par ordre de la Convention nationale. *Paris, de l'Imprimerie nationale*, 1793. 3 parties en 1 vol. demi-rel. chagr. rouge, dos orné, fil. tr. supér. dor. n. rog.

314. Histoire de Robespierre, d'après des papiers de famille, les sources originales et des documents entièrement inédits, par Ern. Hamel. *Paris, l'auteur*, 1866. 3 vol. in-8, br.

315. Histoire de la Terreur, 1792-1794, par Mortimer-Ternaux. *Paris, Michel Lévy fr.* 1868-1869. 7 vol. in-8 br.

Exemplaire fatigué.

316. C.-A. Dauban. La Démagogie en 1793 à Paris. — Paris en 1794 et en 1795. — Les Prisons de Paris sous la Révolution. *Paris, H. Plon*, 1868-69-70. Ens. 3 vol. in-8, figures, demi-rel. avec coins, mar. rouge, jans. tr. supér. dor. n. rog. (*Brany.*)

317. La Terreur dans le Pas-de-Calais et dans le Nord. — Histoire de Joseph Lebon et des tribunaux révolutionnaires d'Arras et de Cambrai, par A.-J. Paris. *Arras, Rousseau-Leroy*, 1864. 2 vol.

— Danton. Mémoire sur sa vie privée par le docteur Robinet. *Paris, Chamerot*, 1865. 1 vol. ens. 3 vol. in-8 br.

318. Avant, pendant et après la Terreur, échos des gazettes françaises indépendantes publiées à l'étranger de 1788 à 1794, par Eugène de Mirecourt. *Paris*, *E. Dentu*, 1866. 3 vol. gr. in-8 br.

319. Histoire du Directoire par A. Granier de Cassagnac. *Paris, H. Plon*, 1863. 3 vol. in-8 br.

320. Histoire de la société française pendant la Révolution, par Edm. et Jules de Goncourt. *Paris, Didier*, 1864. In-12, portr. mar. rouge, dent. int. tr. dor.

Exemplaire sur PAPIER DE HOLLANDE, illustré de nombreux portraits ajoutés : Louis XVI, Mme de Stael, Mme de Genlis, J. Necker, Louis XV, C. Desmoulins, La Fayette, Beaumarchais, Mme Roland, Mirabeau,-Voltair, Racine, Rétif de la Bretonne, etc.

321. Histoire de la société française pendant le Directoire par Edmond et Jules de Goncourt. *Paris, Didier*, 1864. In-12, mar. rouge, dent. int. tr. dor.

Exemplaire sur PAPIER DE HOLLANDE, auquel on a ajouté divers portraits parmi lesquels Henri IV, par Saint-Aubin, la Rochefoucauld par Bertonnier, Voltaire par Saint-Aubin, Beaumarchais par Le Roy d'après Cochin, Mme de Stael, gravée sur acier par Fry. Épreuve *avant la lettre* sur chine, Talma (portrait en couleur), Mademoiselle Mars (gravée à l'eau-forte par Hillemacher), etc.

322. Mémoires inédits de madame la comtesse de Genlis, sur le dix-huitième siècle et la Révolution française depuis 1756 jusqu'à nos jours. *Paris, Ladvocat*, 1825. 10 vol. in-8 br.

323. Histoire de Napoléon Ier, par P. Lanfrey. *Paris, Charpentier*, 1868-1870. 4 vol. in-12, demi-rel. avec coins, mar. rouge, tr. supér. dor. éb. (*Brany.*)

Le tome IV est broché.

324. Mémoires du comte Beugnot, ancien ministre (1783-1815), publiés par le comte Alb. Beugnot

son petit-fils. *Paris, E. Dentu*, 1868. 2 vol. in-8, broch.

325. Le Conservateur, par Chateaubriand, Bonald, Fiévée, de Villèle, Corbière, Castelbajac, Lamennais, Lamartine, Berryer, etc., octobre 1818, — mars 1820. 78 numéros en 6 vol. in-8, cart.

326. Revue rétrospective, ou Bibliothèque historique contenant des mémoires et documents authenthiques inédits et originaux pour servir à l'histoire proprement dite, à la biographie, à l'histoire de la littérature et des arts. *Paris, imprim. de H. Fournier*, 1833-1838. 20 vol. in-8, demi-rel. avec coins, mar. la Vall. tr. supér. dor. non rog. (*Brany.*)

Bel exemplaire.

327. Revue rétrospective, ou Archives secrètes du dernier gouvernement (publiée par M. J. Taschereau). *Paris*, *Paulin*, 1848. Gr. in-8, jolie demi-rel. avec coins, mar. rouge, dos orné à pet. fers, fil. tr. supér. dor. n. rog. (*Smeers.*)

Très-bel exemplaire contenant les 33 numéros. La plus grande partie de l'édition ne contient que 31 numéros.

328. Histoire contemporaine, réunion de divers ouvrages sur l'empire et les évènements de 1870-1871. Ens. 16 vol. in-12, reliés et brochés.

L'Empire, les Bonaparte et la cour par Jules Claretie. — Junius, lettres tartares, correspondance secrète d'un ambassadeur pour servir à l'histoire du second Empire. — Jules Favre et le comte de Bismarck, entrevue de Ferrières, documents officiels par Georges d'Heilly. — Télégramme militaire de M. Léon Gambetta, documents officiels publiés par Georges d'Heylli. — M. Thiers à Versailles. L'armistice, documents officiels publiés par Georges d'Heilly. — Blanqui. La patrie en danger. — 1870-1871, Versailles. Quartier général prussien, abrégé historique par J.-E. Dieulevent. — Les Martyrs du siège de Paris par Em. Sorin. — Campagne de Paris. Souvenirs de la Mobile, par Ambroise Rendu. — Journal d'un habitant de Neuilly pendant la Commune. — La Légion d'honneur et la Commune, rapports et dépositions authentiques. — Victor Hugo et la Commune. — Georges d'Heilly. Le Livre rouge de la Commune (un des 6 exemplaires tirés sur papier de Hollande). — A. Gagnière. Histoire de la presse sous la Commune. — Glais-Bizoin. Dictature de cinq mois. — L'année politique 1876, par André Daniel.

329. Le Moniteur prussien de Versailles, reproduction des 13 numéros du Nouvelliste de Versailles et des 108 numéros du Moniteur officiel du gouvernement général du Nord de la France parus à Versailles pendant l'occupation prussienne, publiés par Georges d'Heilly. *Paris, L. Beauvais*, 1872. 2 vol. gr. in-8, cart. percal. viol. n. rog.

Exemplaire sur PAPIER DE HOLLANDE.

330. Enquête parlementaire sur les actes du Gouvernement de la Défense nationale. — Dépositions des témoins, 4 vol. — Rapports, 5 vol. Enquête parlementaire sur l'Insurrection du 18 mars. Rapports, dépositions des témoins. — Pièces justificatives. *Versailles, Cerf*, 1872. Ens. 12 vol. in-4, cart.

II. PARIS ET PROVINCE — PARIS A TRAVERS LES AGES

331. PARIS A TRAVERS LES AGES, aspects successifs des monuments et quartiers historiques de Paris depuis le XIIIe siècle jusqu'à nos jours, fidèlement restitués d'après les documents authentiques par M. F. Hoffbauer, architecte, texte par MM. Ed. Fournier, P. Lacroix, A. de Montaiglon, A. Bonnardot, Jules Cousin, Franklin, Valentin, Dufour, etc. *Paris, Firm.-Didot*, 1875. 9 livr. in-fol. en feuilles (I à IX), nombr. vignettes et gravures hors texte en coul.

Les livraisons VII et et VIII ont été atteintes dans le haut des pages par l'humidité.

332. Histoire physique, civile et morale de Paris par J.-A. Dulaure, sixième édition augmentée de notes nouvelles, etc. *Paris, Furne*, 1839. 8 vol. in-8, figures et atlas in-4, demi-rel. bas.

333. Étude historique et topographique sur le plan

de Paris de 1540 dit plan de Tapisserie, par Alfr. Franklin. *Paris*, *Aug. Aubry*, 1869. In-12, demi-rel. avec coins mar. grenat, jans. tr. sup. dor. ébarb. (*Brany.*)

334. Paris-guide, par les principaux écrivains et artistes de la France (1re partie: la science, l'art. — 2me partie: la vie). *Paris*, *A. Lacroix-Verbœckhoven*, 1867. 2 tomes en 4 vol. in-12, nombr. gravures, demi-rel. avec coins, mar. rouge, tr. supér. dor. n. rog. (*Raparlier.*)

Exemplaire sur PAPIER DE HOLLANDE. Les figures hors texte, *sur chine.*

335. Mémoires de la Société de l'histoire de Paris et de l'Ile-de-France. *Paris, H. Champion*, 1875-1879. 5 vol. in-8, br.

335 *bis*. Bulletin de la Société de l'histoire de Paris et de l'Ile-de-France. *Paris, H. Champion*, 1874 à 1879. 26 liv. in-8 (manque mai-juin 1877).

336. Journal du siège de Paris en 1590, rédigé par un des assiégés, publié d'après le manuscrit de la bibliothèque Mazarine et précédé d'une étude sur les mœurs et coutumes des Parisiens au XVIe siècle, par Alfr. Franklin. *Paris*, *L. Willem*, 1876. In-8, br. — La Fleur des antiquitez de la noble et triumphante ville et cité de Paris, par Gilles Corrozet (1532), publié par P. Lacroix. *Paris, L. Willem et P. Daffis*, 1874. In-12, br. — Le Calendrier des confréries de Paris, par J.-B. Le Masson, Forésien, précédé d'une introduction avec des notes par l'abbé Valentin Dufour. *Paris*, *L. Willem et P. Daffis*, 1875. In-12, br. Ens. 3 vol.

337. Dernier Tableau de Paris, ou Récit historique de la révolution du 10 août 1792, des causes qui l'ont produite, des événemens qui l'ont précédée et des crimes qui l'ont suivie, par J. Peltier, de Paris. *Londres et Bruxelles*, 1793. 2 vol. in-8, cart. n. rog.

338. Paris inconnu, par A. Privat d'Anglemont, précédé d'une étude sur sa vie, par M. Alfred Delvau. *Paris, Ad. Delahays,* 1861. In-12. — Curiosités de l'histoire du vieux Paris, par P. Lacroix. *Paris, Ad. Delahays,* 1858. In-12. — Ce qu'on voit dans les rues de Paris, par M. Victor Fournel. *Paris, Ad. Delahays,* 1858. In-12. Ens. 3 vol. in-12, jolies demi-rel. mar. bleu avec coins, fil. tr. supér. dor. éb. (*Raparlier.*)

339. Les Rues du vieux Paris. Galerie populaire et pittoresque, par Victor Fournel, ouvrage illustré de 165 gravures sur bois. *Paris, Firm.-Didot,* 1879. Gr. in-8, fig. br.

340. Les Hôtels historiques de Paris, histoire, architecture, par Georges Bonnefons, illustrations par MM. Célestin Nanteuil, d'Aubigny, Bertall, Rouargue, Beaucé, H. Dubois. *Paris, V. Lecou,* 1852. Gr. in-8, figures, jolie demi-rel. avec coins, mar. bleu, dos orné à petits fers, fil. tr. supér. dor. n. rog. (*Alló.*)

341. Les Anciennes Maisons de Paris, par Lefeuve. Histoire de Paris, rue par rue, maison par maison. *Paris, C. Reinwald,* 1875. 5 vol. pet. in-8, br.

342. Tableau du nouveau Palais-Royal. *A Londres, et se trouve à Paris, chez Maradan,* 1788. 2 vol. pet. in-12, figures, demi-rel. bas.

Ouvrage attribué à F. Mayeur de Saint-Paul; en tête de chaque volume se trouve une figure représentant une vue du jardin du Palais-Royal.

343. Archives de la Bastille. Documents inédits recueillis et publiés par François Ravaisson (règne de Louis XIV, 1659-1692). *Paris, A. Durand et Pedone-Lauriel,* 1866-1879. 9 vol. in-8, brochés. (Les 4 premiers en demi-rel. avec coins mar. rouge, jans. tr. supér. dor.)

344. Mémoires tirés des Archives de la Police pour servir à l'histoire de la morale et de la police de-

puis Louis XIV jusqu'à nos jours, par J. Peuchet. *Paris, A. Levavasseur*, 1838. 6 vol. in-8, demi-rel. avec coins mar. vert, tr. marbr.

345. Mme Campan à Écouen, étude historique et biographique précédée d'une notice sur le château d'Écouen avec gravure, par L. Bonneville de Marsangy. *Paris, Pontoise*, 1879. In-8, papier vergé de Hollande, figure, br.

346. Chronique d'Arras et de Cambrai, par Balderic, chantre de Térouane au XIe siècle, publiée par le Dr Le Glay. *Paris, Levrault*, 1834. In-8, demi-rel. v. vert. — Les Sièges d'Arras, histoire des expéditions militaires dont cette ville et son territoire ont été le théâtre, par Achmet d'Héricourt. *Arras*, 1844. In-8, demi-rel. v. Ens. 2 vol.

III. HISTOIRE ÉTRANGÈRE

347. Descrizione de la felicissima entrata del Sereniss. D. Ferdinando de Medici cardinale, gran duca di Toscano, nella città di Pisa ..... scritta da M. Giouanni Ceruoni da Colle. *In Firenze, appresso Giorgio Marescotti*, 1588. In-12, mar. rouge jans. dent. int. tr. dor. (*Allô.*)

348. Les Archives de Venise. Histoire de la chancellerie secrète, le sénat, le cabinet des ministres, le conseil des Dix et les inquisiteurs d'État dans leurs rapports avec la France, etc., par Arm. Baschet. *Paris, H. Plon*, 1870. In-8, demi-rel. mar. bleu, jans. tr. supér. dor. éb. (*Brany.*)

349. Mémoires, documents et écrits divers laissés par le prince de Metternich, chancelier de cour et d'État, publiés par son fils, le prince Richard de

Metternich. *Paris, H. Plon*, 1880. 2 vol. gr. in-8, br.

350. Catherine II et son règne, par E. Jauffret. *Paris, E. Dentu*, 1860. 2 vol. in-8, br.

351. Georges Bousquet. Le Japon de nos jours et les échelles de l'extrême Orient, ouvrage contenant 3 cartes. *Paris, L. Hachette*, 1877. 2 vol. in-8, cartes, br.

HISTOIRE LITTÉRAIRE

352. La Harpe. Cours de littérature ancienne et moderne, suivi du Tableau de la littérature au XIXe siècle, par Chénier, etc. *Paris, Firmin-Didot fr.*, 1863. 3 vol. gr. in-8, texte à 2 col. demi-rel. chagr. vert, tr. jasp.

353. Villemain. Tableau de la littérature du moyen âge, 2 vol.— Tableau de la littérature au XVIIIe siècle, 4 vol. *Paris, Didier*, 1862-64. Ens. 6 vol. in-12, demi-rel. avec coins, mar. vert, tr. marbr.

354. Histoire de la littérature française, par D. Nisard. *Paris, Firmin-Didot fr.*, 1867. 4 vol. in-12, br.

355. Les Cours galantes, par Desnoiresterres. *Paris, E. Dentu*, 1865. 4 vol. in-12, cart.

356. Précieux et Précieuses, caractères et mœurs littéraires du XVIIe siècle, par Ch.-L. Livet. *Paris*,

Didier, 1859. In-8, demi-rel. avec coins, mar. jonq. tr. supér. dor. non rog.

357. Les Ruelles du XVIIIe siècle, par Léon de Labessade, préface par Alex. Dumas fils. *Paris, Edouard Rouveyre*, 1879. 2 vol. pet. in-8, pap. de Hollande, frontispice gravé à chaque volume, br.

358. Ruelles, salons et cabarets, histoire anecdotique de la littérature française, par Em. Colombey. — Satires et diatribes sur les femmes, l'amour et le mariage, avec une réfutation, par L.-J. Larcher. — Dictionnaire encyclopédique des ordres de chevalerie civils et militaires créés chez les différents peuples depuis les temps les plus reculés jusqu'à nos jours, par W. Maigne. *Paris, Ad. Delahays*, 1858-1860-61. 3 vol. in-12, jolies demi-rel. avec coins, mar. bleu, dos orné, fil. tr. supér. dor. éb. (*Raparlier.*)

359. La France littéraire, ou les Beaux-Arts, contenant les noms et les ouvrages des gens de lettres, des savants et des artistes célèbres qui vivent actuellement en France, augmentée du catalogue des académies établies tant à Paris que dans les différentes villes du royaume. *A Paris, chez Duchesne*, 1756. In-18, mar. vert, large dent. sur les plats, tr. dor. (*Rel. anc.*)

360. Mémoires secrets pour servir à l'histoire de la République des lettres en France depuis 1762 jusqu'à nos jours (par Petit de Bachaumont). *A Londres, chez John Adamson*, 1784-89. 36 tomes en 18 vol. in-12, jolie demi-rel. avec coins, mar. la Vall. tr. sup. dor. non rog. (*Brany*). — Table alphabétique des auteurs et personnes cités dans les Mémoires secrets, etc. *Bruxelles et Paris*, 1866. In-12, br.

Bel exemplaire.

361. Correspondance secrète, politique et littéraire, ou Mémoires pour servir à l'histoire des cours, des sociétés et de la littérature en France, depuis la mort de Louis XV (rédigée par Métra). *A Londres, chez Adamson*, 1787-90. 18 vol. in-12, demi-rel. bas.

362. Histoire de la détention des philosophes et des gens de lettres à la Bastille et à Vincennes, précédée de celle de Foucquet, de Pellisson et de Lauzun, par J. Delort. *Paris*, *Firmin-Didot*, 1829. 3 vol. in-8, fig. cart. tr. jasp.

363. Histoire des Journaux et des Journalistes de la Révolution française (1789-96), précédée d'une introduction générale, par M. Léonard Gallois. *Paris*, 1845. 2 vol. gr. in-8, portr. demi-rel. mar. bleu, tr. sup. dor. éb. (*C. Hardy*.)

364. Journaux et Journalistes, par Alfred Sirven. *Paris, Cournol*, 1866. 4 vol. in-12, demi-rel. avec coins, mar. rouge, jans. tr. sup. dor. éb. (*Brany*,)

La Gazette de France avec le fac-similé du 1er numéro et le portrait de Théophraste Renaudot, son fondateur. — Le Journal des Débats. — La Presse, la Liberté, le Siècle.

365. Charles Baudelaire, par MM. A. de la Fizelière et Georges Decaux. *Paris, librairie de l'Acad. des Bibliophiles*, 1858. Pet. in-12, papier vergé, jolie demi-rel. avec coins mar. jonq. dos orné, fil. tr. supér. dor. non rog. (*Raparlier*.)

Tiré à petit nombre.

366. Charles Baudelaire, sa vie et son œuvre, par Ch. Asselineau. *Paris, Alph. Lemerre*, 1869. In-12, papier de Hollande, portr. gravé à l'eau-forte, demi-rel. avec coins, mar. rouge, jans tr. supér. dor. éb. (*Brany*.)

367. Charles Baudelaire. Souvenirs, correspondances, bibliographie suivie de pièces inédites.

Paris, Réné Pincebourde, 1872. Pet. in-8, br.

368. Les Autographes et le goût des autographes en France et à l'étranger, portraits, caractères, anecdotes, curiosités, par M. de Lescure. *Paris, J. Gay*, 1865. Gr. in-8, demi-rel. avec coins, mar. grenat, dos orné, fil. tr. supér. dor. éb.

369. L'Intermédiaire des chercheurs et curieux (*Notes and queries* français). Questions et réponses, communications diverses à l'usage de tous. *Paris, Benj. Duprat*, 1864 (1re année) à 1879, inclus. Collection en demi-rel. mar. rouge, cart. et brochés.

Manquent les livraisons 228 (1877) à 245 (1878).

BIBLIOGRAPHIE

370. Traité du choix des livres, par Gabr. Peignot. *Paris, A.-A. Renouard*, 1817. In-8, demi-rel. avec coins, mar. vert, jans. tr. supér. dor. éb. (*Brany*.)

371. Variétés bibliographiques, par Ed. Tricotel. *Paris, J. Gay*, 1863. In-12, demi-rel. avec coins, mar. rouge, jans. tr. sup. dor, n. rog. (*Brany*.)

372. Rymaille sur les plus célèbres Bibliotières de Paris en 1649, avec des notes et un essai sur les autres bibliothèques particulières du temps, par Alb. de la Fizelière. *Paris, Aug. Aubry*, 1868.

In-8, demi-rel. avec coins, mar. bleu jans. tr. supér. dor. éb. (*Brany.*)

373. Mémoire historique sur la bibliothèque dite de Bourgogne, présentement bibliothèque publique de Bruxelles, par M. de La Serna Santander. *Bruxelles et Paris*, 1809. In-8, br.

374. Histoire du Livre en France, depuis les temps les plus reculés jusqu'en 1789, par Ed. Werdet. *Paris, E. Dentu*, 1860-61. 5 vol. in-12, demi-rel. avec coins, mar. la Vall. tr. supér. dor. éb.

I. Origine du livre manuscrit, depuis les temps les plus reculés jusqu'à l'introduction de l'Imprimerie à Paris en 1470. — II. La transformation du Livre manuscrit depuis 1470 jusqu'a 1789.— III. Étude bibliographique sur les libraires et les imprimeurs les plus célèbres, de 1470 à 1789.— IV. Propagation, marche et progrès de l'Imprimerie et de la Librairie dans les provinces, imprimeries clandestines, particulières et de fantaisies, de 1470 à 1793. — V. De la Librairie française, son passé, son présent, son avenir, avec des notices biographiques sur les Libraires-éditeurs les plus distingués depuis 1789.

375. Le Bibliophile français, gazette illustrée des amateurs de livres d'estampes et de haute curiosité. *Paris, Bachelin-Deflorenne*, 1868-73. 7 vol. in-8, papier de Hollande, nombr. vignettes et gravures hors texte. Les 4 premiers vol. en demi-rel. avec coins, mar. vert, fil. tr. supér. dor. non rog. Reliure de Allô et les 3 derniers vol. en livraisons.

376. Le Moniteur du Bibliophile, gazette littéraire anecdotiqne et curieuse. Directeur : Jules Noriac, rédacteur en chef : Arthur Heulhard. *Paris, imp. Alcan-Lévy*, 1878. 12 numéros (1 à 12), in-4, br. papier vergé teinté, fleurons, entêtes, lettres orn. culs-de-lampe, etc.

377. Nouveau Dictionnaire des ouvrages anonymes et pseudonymes avec les noms des auteurs ou éditeurs, accompagné de notes historiques et critiques, par E.-D. de Manne. *Lyon, N. Scheuring*, 1868. In-8, pap. vélin, demi-rel. avec coins, mar. vert, jans. tr. supér. dor. éb. (*Brany.*)

378. Les Supercheries littéraires dévoilées, par J.-M. Quérard, seconde édition considérablement augmentée, publiées par MM. Gustave Brunet et Pierre Jannet. *Paris, Paul Daffis*, 1869-70. 3 vol. gr. in-8, texte à 2 col. demi-rel. mar. brun jans. tr. supér. dor. n. rog. (*Brany*.)

378 *bis*. Dictionnaire des ouvrages anonymes, par Ant.-Alex. Barbier. Troisième édition revue et augmentée par MM. Olivier Barbier, René et Paul Billard. *Paris, Paul Daffis*, 1872-77. 4 tomes, en 8 vol. gr. in-8, texte à 2 col. br.

Ces deux ouvrages sont en GRAND PAPIER.

379. Supercheries littéraires, pastiches, suppositions d'auteur, dans les lettres et dans les arts, par Octave Delepierre. *Londres, N. Trubner*, 1872. Pet. in-4, pap. vél. cart. non rog.

380. Les Gazettes de Hollande et la Presse clandestine aux XVIIe et XVIIIe siècles, par Eug. Hatin. Eau-forte de Ulm. *Paris, René Pincebourde*, 1865. In-8, demi-rel. mar. bleu, tr. supér. dor. n. rog.

Exemplaire sur PAPIER DE CHINE, le frontispice est en deux états.

381. Montesquieu. Bibliographie de ses œuvres, par Louis Dangeau. *Paris, P. Rouquette*, 1874. In-8 de 33 pages, pap. de Holl. cart.

Tiré à petit nombre.

382. Bibliographie et iconographie de tous les ouvrages de Restif de la Bretonne, par Paul Lacroix. *Paris, Aug. Fontaine*, 1875. In-8, papier vergé, br.

383. Guide de l'amateur des livres à vignettes du XVIIIe siècle, par H. Cohen. *Paris, P. Rouquette*, 1870. In-8, demi-rel. avec coins, mar. rouge, jans. tr. sup. dor. éb. (*Brany*.)

Exemplaire sur papier Whatman.

384. Manuel de l'amateur d'illustrations, gravures et portraits pour l'ornement des livres français et étrangers, par M. J. Sieurin. *Paris, Ad. Labitte,* 1875. In-8, br.

385. Le Luxe des livres, par L. Derome. *Paris, Ed. Rouveyre,* 1879. In-12, pap. vergé, titre et fleurons en vert, br.

386. Un Bouquiniste parisien. Le père Lécureux, par Alex. Piédagnel, frontispice à l'eau-forte, composé et gravé par Maxime Lalanne. *Paris, Ed. Rouveyre,* 1878. Pet. in-8, br.

387. Catalogue des livres composant la bibliothèque de M. Viollet-le-Duc avec des notes biographiques et littéraires sur chacun des ouvrages catalogués. *Paris, L. Hachette,* 1843. In-8, avec supplément et le catalogue publié par J. Flot en 1847. Ens. 2 parties reliées en 1 vol. gr. in-8, demi-rel. v. f. tr. jasp.

388. Documents sur le catalogue de la bibliothèque du comte de Fortsas, par Em. Hoyois. *Mons, s. d.* Gr. in-8, pap. teinté, br.

PAPIERS DE BEAUMARCHAIS

---

389. PAPIERS DE BEAUMARCHAIS. 11 vol. ou cartons in-fol. vélin.

Réunion curieuse qui jette un grand jour sur les opérations commerciales de cet homme de lettres et particulièrement sur la publication du *Voltaire de Kehl* ainsi que sur sa fortune à sa mort. Voici le détail de ces volumes :

1° COPIES DE LETTRES, 1679-1799. 3 vol. in-fol. ;

2° ACHATS DE CARACTÈRES D'IMPRESSION. 1 vol.

3° LIVRE DE CAISSE, 1784-1789-1791-*an VII*. — CONTRAT DE RENTE VIAGÈRE. — BALANCE GÉNÉRALE DES LIVRES DE M. DE BEAUMARCHAIS JUSQUES AU 31 AOUT 1791. — DÉPOUILLEMENT GÉNÉRAL DES DÉBITEURS ET CRÉANCIERS au 5 oct. 1793. — MÉMOIRES DE DIVERS FOURNISSEURS, etc. 2 vol. in-fol. et 1 carton ;

4° JOURNAL DE LA VENTE DU *Voltaire de Kehl*. 1 vol. in-fol.

5° AFFAIRES JUDICIAIRES. 1 carton.

6° EXTRAIT DE L'INVENTAIRE FAIT APRÈS LE DÉCÈS DE BEAUMARCHAIS RELEVÉ DES DÉBITEURS A LA SUCCESSION DE BEAUMARCHAIS. 2 vol. in-fol.

---

390. Copie des lettres du prince royal de Prusse à M. de Voltaire, avec toutes ses réponses (tome Ier). In-fol. vélin.

Copie faite en 1790, par un officier nommé Chambouine qui dans la préface donne les raisons de son travail.

SUITES DE VIGNETTES

---

391. Bande der italienischen Comœdianten, *s. d.* In-4, obl. 15 pl. non rogn.

392. Beaumarchais. Suite complète de 1 portrait et 6 figures in-12, d'après Duvivier.

Épreuves AVANT LA LETTRE; non rognées. Le portrait est en double état (*eau-forte*).

393. Beaumarchais. Théâtre. Suite complète de 1 portrait et 4 vignettes in-8, de Devéria et Tony Johannot.

Ancien tirage.

394. Beaumarchais. Eaux-fortes pour illustrer le *Barbier de Séville,* dessinées et gravées par G. Cain. *Paris*, *Conquet,* 1877. Portrait et 4 planches in-8, dans un carton.

395. Bernardin de Saint-Pierre, 7 eaux-fortes dessinées et gravées par Edm. Hédouin, pour illustrer *Paul et Virginie;* publiées par Alph. Lemerre, cart.

Epreuves avant la lettre sur Whatman.

396. Boileau et Molière. 17 figures in-8, de Moreau, Bergeret, C. Vernet, Hersent et Choquet.

Gravures dépareillées, quelques eaux-fortes.

397. Corneille (Th.). 17 figures in-8, par Gravelot et Moreau, et 2 portraits.

Cette suite est mélangée, 2 figures de Moreau sont *avant la lettre*.

398. DUMAS (Alex.). 3 gravures lithographiées pour *Antony*.

Portrait d'Alexandre Dumas, par Lecouturier, portrait de Bocage et celui de Marie Dorval, avec une lettre fac-simile. On a joint un billet autographe signé d'Alexandre Dumas.

399. GŒTHE. 10 gravures de Tony Johannot, dont 1 portrait pour illustrer *Faust*.

Belles épreuves AVANT LA LETTRE, sur papier de Chine, in-fol., rares.

400. HILLEMACHER. 19 portraits in-8 (Comédie française), gravés à l'eau-forte, par Hillemacher, 1859.

401. HUGO (Victor). Portraits et gravures pour son théâtre. Environ 60 pièces.

Portrait de Hugo. Lithogr. par Delpech ; 2 gravures de L. Boulanger, pour *Hernani* (acte II et V), *épreuves avant la lettre*, 1 gravure de C. Rogier gravée par W. et E. Finden pour le *Roi s'amuse* (acte IV) *épreuve avant la lettre*, 1 gravure de L. Boulanger pour *Lucrèce Borgia* (acte I) *épreuve avant la lettre*, 3 gravures de Markl et Tony Johannot pour *Cromwell* (acte I, acte III, scènes IX et XVI), *épreuve avant la lettre*, 1 gravure, par J. David, pour *Marie Tudor* (acte III), *épreuve avant la lettre*.

Portrait de Beauvallet, lith.; Bocage, gravé; le même portrait en pied, lith.; Firmin, portr. lith.; Geoffroy, gr., Joanny, sociétaire du Th.-Français, 2 portr. lith.; Frédéric Lemaître, 2 portraits; Ligier, 4 portraits gr. et lith.; Menjaud, portr. lith. ; Mœssard, portrait lith. ; Samson, 2 portr.

Mlle Anaïs Aubert, portr. en pied, lith. ; Mlle Bourgoin, portr. lith. ; Mme Dorval, 2 portraits ; Mlle Dupont, portrait en pied, lith. chine ; le même, gravé à l'eau-forte par Hillemacher ; Mlle Cornélie Falcon ; Mlle Georges, 3 portraits ; Mlle Fargueil, 1 portrait. ; Mlle Mars, 3 portraits ; Mme Mélingue, portrait en pied, lith. chine; Clarisse Miroy, portr. en pied; Mlle Déjazet, portr. lith. en pied, chine, et une lettre autographe de 2 pages signée.

402. LE SAGE. 16 gravures in-12, composées par H. Pille et gravées à l'eau-forte, par Louis Monziès, pour illustrer *Gil-Blas*, publiées par Alph. Lemerre, cart.

Épreuves AVANT LA LETTRE sur Whatman.

403. LE SAGE. 9 eaux-fortes dessinées par H. Pille, gravées par Louis Monziès, pour illustrer *le Diable boiteux*, publiée par Alph. Lemerre, cart.

ÉPREUVES AVANT LA LETTRE SUR WHATMAN.

404. LA FONTAINE. 72 eaux-fortes, d'après Oudry, pour illustrer les *Fables*, gravées par Courtry,

Greux, Lemaire, Lerat, Martinez, Mongin, etc., publiées par Lemerre, éditeur, cart.

ÉPREUVES AVANT LA LETTRE, SUR PAPIER WHATMAN.

405. LA FONTAINE Contes. 24 pl. — MOLIÈRE. 10 pl. in-4, cart.

Imitations des planches de Boucher et de Lancret.

406. LA FONTAINE. Suite complète de 94 vignettes de Duplessis-Bertaux pour les *Contes de la Fontaine*, *édition Cazin.*

Épreuves sur grand papier, tirage moderne.

407. LA FONTAINE. 22 gravures in-8, d'après les dessins de Moreau pour l'édition de 1814 et 1 portrait gravé par Ribault.

EAUX-FORTES, rares. La figure du *Galant Jardinier*, est double. Les figures : *les Villageois et le Serpent*, *le Lion et le Moucheron*, manquent.

408. LA FONTAINE. 23 gravures in-8 par Moreau, 1814, pour illustrer les œuvres.

Belles épreuves AVANT LA LETTRE sauf la figure : *l'Avare qui a perdu son trésor*, qui est avec la lettre.
Cette suite est inégale de marges.

409. LA FONTAINE. Suite complète de 25 gravures in-8, d'après les dessins de Moreau, pour l'édition de 1814, et un portrait gravé par Ribault.

Belles épreuves non rognées; cette suite a, en plus, la gravure de Heina d'après Leguay : *le Passage du Torrent.*

410. LA FONTAINE. Suite complète de 26 gravures in-8, d'après les dessins de Moreau pour l'édition de 1822, dont 1 portrait gravé par Dequevauvillers.

Épreuves AVANT LA LETTRE, chine, non rognées, avec le *Passage du Torrent;* la figure du *Cas de conscience* est sur blanc.

411. LA FONTAINE. Suite complète de 8 gravures in-18, gravées par Delvaux d'après les dessins de Moreau et 1 portrait d'après Rigault, pour illustrer *Psyché.*

Bel exemplaire; non rogné.

412. LA FONTAINE. 12 gravures in-8 par Moreau et 1 portrait gravé par Saint-Aubin, pour les fables.

Belles épreuves de la première suite de 1814.

413. LA FONTAINE. 13 titres, par Granville, pour illustrer *les Fables*, papier blanc non rognés.

414. LA FONTAINE. Suite complète de 12 gravures in-8, d'après Tony Johannot.

PREMIER ÉTAT; EAUX-FORTES; non rognées, très-rares.
Cette suite est complète, moins le portrait qui n'existe pas en cet état.

415. LA FONTAINE. Suite complète de 13 figures in-8, d'après Tony Johannot, dont 1 portrait.

Belles épreuves AVANT LA LETTRE sur CHINE.

416. LA FONTAINE. Suite de 124 figures in-8, pour les œuvres de la Fontaine par Desenne, publiées par Nepveu.

417. LONGUS. 7 eaux-fortes d'après les dessins de Prud'hon, gravées par Boilvin, *pour illustrer Daphnis et Chloé;* publiées par Alph. Lemerre, cart.

ÉPREUVES AVANT LA LETTRE SUR WHATMAN.

418. MAISTRE (Xavier de). 8 figures in-12, gravées à l'eau-forte par Dupont, publiées par Alph. Lemerre, cart.

Épreuves AVANT LA LETTRE sur Hollande.

419. MOLIÈRE. 35 figures in-18 d'après Boucher, gravées par Boilvin, Courtry, Rasin, Gaucherel, Milius, Massard, Greux, Mongin, Lerat, Martinez; dans un carton.

34 figures et 1 portrait. ÉPREUVES SUR CHINE AVANT LA LETTRE.

420. MOLIÈRE. Suite complète de 35 figures in-18 d'après Boucher, gravée par J. Punt, en 1740, dont 1 portrait.

Cette suite est remontée.

421. MOLIÈRE. 32 figures in-18 gravées par J. Punt.

422. MOLIÈRE. Suite complète de 31 gravures in-8, d'après Moreau, dont un portrait de l'auteur, publiées par Renouard.

Belles épreuves AVANT LA LETTRE. Cette suite est remmargée.

423. MOLIÈRE. Suite complète de 31 gravures d'après Moreau, dont un portrait de l'auteur, publiées par Renouard.

Épreuves avec la lettre sur blanc. Cette suite est tirée in-fol.

424. MOLIÈRE. Suite complète de 34 gravures d'après Moreau dont 1 portrait.

Suite publiée par le libraire Leclerc. *Epreuves sur chine avant la lettre;* cette suite est remontée in-fol.

425. MOLIÈRE. 11 gravures in-8 de Desenne pour l'édition de Lefèvre.

1er ÉTAT, EAUX-FORTES.

426. MOLIÈRE. Suite de 18 gravures in-8, de Desenne, pour l'édition de Lefèvre.

Épreuves sur chine, avec lettre.

427. MOLIÈRE. Suite de 18 gravures in-8 de Desenne, pour l'édition de Lefèvre.

3 pièces sont avec la lettre; ce sont les figures pour le *Misanthrope*, le *Dépit amoureux* et l'*Ecole des Maris*, toutes les autres sont *avant la lettre sur chine ;* cette suite est inégale de marges.

428. MOLIÈRE. Suite complète de 21 gravures in-8 de Desenne, gravée par Larcher, dont 1 portrait (publié dans la Bibliothèque française).

Belles épreuves AVANT LA LETTRE sur blanc.

429. MOLIÈRE. 8 gravures in-8, gravées d'après les dessins de Chasselat, pour le Tartuffe, les Femmes savantes, l'École des Femmes, les Précieuses ridicules, l'École des Maris, Harpagon, Alceste et le Malade imaginaire.

Jolie suite complète, en belles épreuves et à toutes marges.

430. MOLIÈRE. 5 gravures in-18 par Chasselat. *Épreuves sur chine avant la lettre* (marges cou-

pées). — 5 gravures in-18 par Desenne, gravées par Larcher. *Epreuves sur chine avant la lettre* (marges coupées). — 10 gravures in-8, d'après H. Vernet, dont 7 sur blanc avec la lettre et 3 *sur chine avant la lettre.*

431. MOLIÈRE. Suite de 20 gravures gr. in-8, grav. d'après les dessins de Geoffroy.

Épreuves sur chine avec la lettre.

432. La même suite en couleur, 20 pièces in-8 sur blanc.

433. MOLIÈRE. OEuvres complètes, suite de vignettes en tête gravées à l'eau-forte par Hillemacher.

Tirage à part in-8, ÉPREUVES SUR CHINE, 147 pièces dont 1 portrait, gravées de 1863 à 1869.

434. MOLIÈRE. Trente-quatre estampes pour les OEuvres de Molière, dessinées et gravées à l'eau-forte par Ad. Lalauze. *Paris, Damasc. Morgand et Ch. Fatout*, 1876. 34 pièces in-4 dans 1 cart.

ÉPREUVES D'ARTISTES (n° 13 sur 80).

435. MOLIÈRE. Portrait de J.-B. Poquelin de Molière, gravé par Ficquet d'après Coypel.

Très-beau portrait de premier tirage et à toutes marges.

436. MOLIÈRE. Suite de 33 portraits pour la troupe de Molière, gravés à l'eau-forte en 1857 par Fr. Hillemacher.

Tirage à part. ÉPREUVES SUR CHINE AVANT LA LETTRE.

437. MOLIÈRE. Suite de 32 portraits pour la troupe de Molière, gravés à l'eau-forte en 1857 par Fr. Hillemacher.

438. MONTESQUIEU. 13 gravures in-4 de Moreau et Peyron et 1 portrait de Montesquieu gravé en 1796 par Tardieu d'après Chaudet.

Belles épreuves non rognées pour une édition in-4 donnée et publiée en 1796 par Beguard.

439. MONTESQUIEU. 13 gravures gr. in-8 de Mo-

reau et Peyron, publiées en 1822 par Silvestre.

ÉPREUVES AVANT LETTRE sur blanc.

440. MOREAU. Lot de figures in-8 dépareillées et en divers états, pour illustrer principalement les Œuvres de Voltaire, ens. 150 pièces.

Quelques-unes sont AVANT LA LETTRE.

441. MUSSET. 41 eaux-fortes composées par Henri Pille et gravées par Louis Monziès pour illustrer les *Œuvres d'Alfred de Musset* publiées par l'éditeur Lemerre, 4 séries cart.

ÉPREUVES AVANT LA LETTRE SUR CHINE.

442. PARIS. Différentes vues de Paris. Épreuves anciennes par Mariette, Israël Silvestre, environ 60 pièces.

L'Hôtel-Royal des Invalides. L'Hôtel-de-Ville. La Porte de la Conférence. L'Hôtel de Soissons. L'Hostel de Vandosme. Vue du Pont-Neuf. Château de la Bastille. Le Grand Chastelet de Paris. La Tour de Nesles. Vue du Quay des Augustins et du Pont Saint-Michel. Le Pont au Change. L'Église de Notre-Dame de Paris. Palais d'Orléans (Luxembourg). Palais de la reine Catherine de Médicis (Tuileries). Porte Saint-Martin. Porte Saint-Denis. Collège des Quatre-Nations. Les Célestins. Porte Saint-Antoine. Place Royale. Église Saint-Séverin. Porte Saint-Honoré. Pont Marie. Cour des Comptes, etc.

443. PETITOT. 6 portraits gravés par Céroni, épreuves avant la lettre sur chine.

1re et 2e livraisons in-fol.

444. PORTRAITS. Collection de nombreux portraits anciens et modernes, dont un grand nombre avant la lettre, ou en divers états. Réunion d'environ 1,000 pièces classées de A à Z.

Parmi ces portraits, nous mentionnerons les suivants : le comte d'Argenson, gravé par Le Vasseur d'après Nattier, portrait in-4; Sophie Arnould, gravé par Gervais d'après La Tour, *épreuve in-4 sur chine avant la lettre;* le cardinal de Bernis, *portrait avec armoiries et entouré d'emblèmes, avant lettre;* Crébillon, gravé par Moitte d'après de La Tour, portrait in-4 ; Catinat, gravé par Céroni d'après Petitot, avec et *avant la lettre;* Louis de Bourbon, prince de Condé, *portrait in-4 avec armoiries,* gravé par Lubin; Diderot, portrait in4, gravé au siècle dernier; le même, gravé par Bertonnier (4 états différents); Gravelot, par J. Massard d'après La Tour; 12 portraits de Henri IV (par différents artistes); 15 portraits de Louis XVI (gravés par différents artistes) ; 26 portraits de Molière, parmi lesquels celui gravé par Ficquet d'après Coypel; un autre, gravé par Bertonnier d'après Devéria, *avant la lettre, chine;* un autre portrait, *eau-forte*; un autre portrait gravé par Hillemacher, *épreuve d'artiste, etc.;* Marivaux, gravé par Ingouf; Boileau-Despréaux, gravé par P.-M. Alix d'après Rigault, *portrait in-4 ovale et en couleur,* le même portrait, gravé en 1704 par Drevet d'après le tableau de Piles; Marie-Joséphine-Louise de Savoie, comtesse de Provence, gravé par Cathelin d'après le tableau de Drouais; Napoléon, *épreuve sur chine avant la lettre;* Ch. Palissot, gravé par Choffard d'après Monnet; la marquise de Pompadour, gravé en 1764 par Littret d'après Schénau; Ph. Quinault, gravé par Edelinck, *portrait in-4 ovale avec armoiries;* J.-B. Rousseau, gravé en 1736 par Dupin; J.-J. Rousseau, gravé en 1765 par J.-B. Michel, portrait in-4; portrait de Voltaire, etc., etc.

445. Rabelais. Eaux-fortes de Rabelais. 16 eaux-fortes composées et gravées par Bracquemond. *Lemerre,* 1872. In-8.

Épreuves tirées au bistre sur papier Whatman.

446. Racine. 13 gravures in-8 d'après Moreau, dont un portrait par Saint-Aubin, publiées par Renouard.

447. Retz (Cardinal de). Galerie des mémoires du cardinal de Retz. — Collection de 86 portraits de personnages de la 1re partie du xviie siècle, extraits des attiques du palais de Versailles et gravés sur acier. *Paris, Delahays, s. d.* In-8. Epreuves sur papier blanc.

447 *bis.* La même collection, épreuves sur chine.

448. Révolution française. 52 gravures anciennes in-4 et in-fol. avec légende allemande et française, sur les principaux faits de la Révolution.

449. Rousseau (J.-Jacq.). Suite complète de 42 gravures in-8 de Devéria, pour l'édition Dalibon, dont 2 portraits, J.-J. Rousseau et Mme de Warens.

Belles épreuves non rognées, le portrait de Rousseau est avant la lettre.

450. Sévigné (Iconographie des lettres de Mme de). Collection de 137 portraits, extraits des attiques du palais de Versailles et gravés sur acier. *Paris, s. d.* In-8 dans un carton.

Collection destinée aux Lettres de Mme de Sévigné; *épreuves sur papier de Chine.*

451. SÉVIGNÉ. 19 portraits de Devéria pour illustrer les *Lettres de Mme de Sévigné*, cart.

Épreuves AVANT LA LETTRE sur *chine*.

452. VOLTAIRE. 21 eaux-fortes d'après Monnet et Marillier, gravées par Louis Monziès pour illustrer les *Romans*, publiés par Alph. Lemerre, cart.

ÉPREUVES AVANT LA LETTRE SUR WHATMAN.

LETTRES AUTOGRAPHES

---

1. **Académie française**. 4 L. a. s.
Augier (Émile), *Sandeau* (Jules), et *Scribe,* 2 lettres.

2. **Actrices.** 7 l. a. s.
Brohan (Augustine), 2 let. *Damoreau-Cinti*, *Judith*, *Lagier* (Suzanne), *Arnould-Plessy* et *Vertpré* (Jenny.)

3. **Arnaud** (Fr.-Th.-M. BACULARD d'), littérateur et auteur dramatique, aussi médiocre que fécond.
1° L. autogr. à Mme DENIS (la nièce de Voltaire); (vers 1746), 2 p. 1/2 in-4. — 2° L. aut. à la même, 1 p. in-4, cachet brisé. — 3° L. aut. à la même, 1 p. in-8.

Ces trois lettres, prose et vers, sont des épîtres galantes adressées par Baculard à la nièce de Voltaire. Ce sont des modèles de style ampoulé et de mauvais goût. D'Arnaud célèbre madame Denis sur tous les tons; il la compare à Sapho, lui dit les choses les plus extravagantes et les plus amoureuses, et parle un peu de l'oncle, qu'il exalte également. Voici un échantillon du style : « Revenés donc me rendre la vie que vous m'avés emportée. J'attends mon âme : je ne suis plus qu'un automate qui vivra, je ne dis pas quand il plaira à Dieu, mais quand il vous plaira. »

4. **Arnaud** (Fr.-Th.-M. de BACULARD d').
L. a. s. (à VOLTAIRE); Paris, 29 mars 1762, 2 p. in-4.

Il lui reproche en termes humbles et polis de s'être laissé circonvenir à son égard par quelques écrivains obscurs. « Si vous eussiez daigné jetter les yeux sur mon poëme de *la France Sauvée*, vous auriez vu que, malgré notre refroidissement, l'écolier est toujours juste, et qu'il goûte toujours un nouveau plaisir à rendre hommage à son maître... »

5. **Arnaud** (Fr.-Th.-M. de BACULARD d').
1° 4 l. a. s.; 1774-an XII, 9 p. in-4. — 2° 12 pièces de vers autographes, 15 p. in-4 ou in-8.

6. **Bachaumont** (Louis PETIT de), le célèbre auteur des *Mémoires secrets*.
L. a. s. à M. de Boyer; Paris, 2 juin 1748, 1 p. pl. in-4. *Très rare.*

Belle lettre où il se plaint de ne pas avoir reçu de ses nouvelles.

7. **Bernis** (le cardinal de), célèbre diplomate et poète, de l'Acad. fr.

L. autogr. à VOLTAIRE ; 8 heures du soir, 1 p. in-4, cachet brisé.

Charmante épître, prose et vers, où il s'excuse de ne pouvoir dîner avec lui à l'hôtel de Luxembourg.

8. **Bourette** (Charlotte), célèbre femme-poète, dite *la Muse limonadière.*

1° L. a. s. (à Baculard d'Arnaud) ; 24 mars 1765, 1 p. in-4. — 2° *Réflexion sur Fanny,* pièce de vers aut. sig. ; 5 mai 1767, 1 p. in-4, oblong.

9. **Casanova de Seingalt** (Jacques), fameux aventurier et littérateur, auteur de *Mémoires.*

L. a. s., en italien ; 16 fév. 1780. 1/2 p. in-4. *Très rare.*

10. **Clairval** (J.-B. GUIGNARD, dit), un des plus célèbres acteurs de son temps, né à Etampes (S.-et-Oise).

L. a. s. à Piis ; 23 juill. 1788, 2 p. pl. in-8.

Intéressante lettre sur *les Solitaires* de Piis.

11. **Comédie-Française.**

L. s. *Dugazon, Vanhove, Joséphine Mézeray, Mlle Devienne, Dazincourt, Émilie Contat, Monvel,* etc., au peintre Guérin ; Paris, 12 vendémiaire an VIII, 1 p. in-4.

Très-belle lettre par laquelle ils le félicitent de ses ouvrages et lui offrent ses entrées à la Comédie-Française.

12. **Comédie-Italienne.** P. s. par *Carlin, Favart, Granger, Clairval, Camérani, Carline, Dugazon,* etc. ; 23 octobre 1782, 1 p. in-fol.

Document curieux par lequel ils demandent l'autorisation de donner au sr Lecontre, qui vient de faire ses débuts, 4,000 livres par an. — Le maréchal de Richelieu a mis sur la pièce son approbation aut. sig.

13. **Compositeurs de musique.** 2 l. a. s. *Meyerbeer* et *Gounod.*

14. **Contat** (Louise), une des meilleures comédiennes de son temps.

L. a. s. au cit. Rigault ; ce 18, 2 p. 1/2 in-8, cachet. Jolie lettre.

15. **Contat** (Louise).

1° L. a. s. à Perregaux ; Lyon, 19 ventôse (an VII), 2 p. pl. in-4. Belle pièce. — 2° P. sig. d'Emilie Contat, 1 p. in-4.

16. **Courier** (Paul-Louis), célèbre écrivain et pamphlétaire, assassiné en 1825.

L. a. s.; Tours, samedi, 1 p. pl. in-4. Jaunie sur le bord.

Il a reçu l'ennuyeuse traduction de *Daphnis et Chloé* par Amyot. « Je ne puis rien faire de cela. Il me faut le texte de Coraï... »

17. **Dazincourt** (Jos.-J.-B. Albouy, dit), célèbre comédien, créateur du rôle de *Figaro*, né à Marseille.

L. a. s. (à M. Desentelles); (9 novembre 1779). 2 p. in-4.

Intéressante lettre sur une fête que la comtesse Diane (de Polignac) doit donner, à Choisy, à Madame Elizabeth.

18. **Decroix** (J.-Fr.), trésorier de France et littérateur, né à Lille.

150 l. a. s. à l'imprimeur Ruault; 1782-1826, environ 200 p. in-4.

Correspondance fort curieuse, toute relative à l'histoire littéraire du XVIIIe siècle.

19. **Dubois-Fontanelle** (Jean-Gaspard), littérateur et auteur dramatique, né à Grenoble.

6 l. a. s. à Baculard d'Arnauld et au marquis Albergati-Capacelli; 1760-1775, 16 p. in-4.

Correspondance littéraire très-intéressante.

20. **Denis** (Madame), la nièce de Voltaire.

L. a. s. (à M. Dupont, avocat, à Colmar); Paris, 9 juillet (1768), 4 p. in-4.

Intéressante lettre sur une donation que Voltaire lui a faite et qu'elle refuse d'accepter. « Tant que mon oncle vivera je suis bien convincue que je ne manquerai de rien. Si j'ai le malheur de le perdre la perte des biens n'est pas ce qui exiterait mes regrets, et l'on vit à tout prix ou l'on meurt, ce qui est, tout bien considéré, un fort petit malheur... »

21. **Denis** (Madame).

1° L. aut. à Baculard d'Arnaud, 1 p. in-8. — 2° L. aut. au même; vendredi, 2 p. in-4. — 3° L. aut. au même; 16 octobre, 3 p. 1/4 in-4. Lettre, prose et vers.

Épître des plus curieuses où elle félicite d'Arnaud et l'appelle *mon cœur*. « Adieu, dit-elle dans la 1re lettre, je sens, si Dieu ne m'aide, que je vous aimerai à la folie. » — Dans la seconde où il est question de Mme du Châtelet on trouve cette phrase : « Je vous aime de tout mon cœur, mais je ne veux pas avoir d'amant. » — La 3e est toute relative à une comédie en vers qu'elle est en train de composer.

22. **Désaugiers** (M.-Ant.-Mad.), un de nos plus gais chansonniers.

Le menuisier Simon ou la rage de sortir le dimanche, chanson aut. sig., 4 p. pl. in-4.

Cette chanson, fort curieuse et qui est, dit-on, *inédite*, commence ainsi :
« Allons, Suzon, je t'nons dimanche,
« Ouvre les yeux et les rideaux...
« Quand j'ons six grands jours scié la planche
« Tu sais qu'jons d'la maison plein l'dos... »

23. **Duchesnois** (Cath.-Jos. Rafin, dite), célèbre tragédienne.

1° L. a. s. à M. Becker; 1er nov. 1820, 1 p. in-8. — 2° Deux lettres signées d'*Arnault* (l'auteur dramatique) à Chaptal ; 4 brumaire an X, 2 p. in-4 et in-fol.

Pièces relatives à la demande d'un secours faite par Mlle Duchesnois, qui se destine à la carrière du théâtre.

24. **Dugazon** (J.-B.-H. Gourgaud, dit), célèbre comédien et auteur dramatique.

L. a. s. à M. Miraux (mai 1809), 2 p. in-4.

25. **Dugazon** (Louise-Rosalie Lefebvre), femme du précédent, célèbre comédienne, créatrice d'un genre qui a gardé son nom.

L. a. s. à Camerani; Amiens, 24 v. (vendémiaire), 2 p. pl. in-8. (*Coll. Lajarriette.*)

Ne pouvant présumer que le théâtre de Paris fût prêt de s'ouvrir, elle s'est arrangée pour quelques représentations avec le directeur d'Amiens. « Malgré toute l'ingratitude que j'ai éprouvée de la part de plusieurs de mes camarades, je conserve toujours pour ce théâtre, où j'ai créé tant de rôles, une prédilection que rien n'a pu détruire et ne détruira jamais. »

26. **Favart** (Ch.-Simon), le célèbre auteur dramatique.

L. s. (à Mlle Contat); 30 mars 1786, 2 p. in-4.

Il exprime ses regrets de voir le Théâtre français perdre M. et Mme Préville, mais il est enchanté de voir Mlle Contat hériter des rôles de cette dernière. Il lui recommande donc d'embellir sa marquise de *l'Anglois à Bordeaux*. « Il est trop naturel que dans une pièce faite originairement pour la paix, ce soit la plus charmante des Françoises et le plus bel ornement du théâtre de la Nation, qui fasse revenir un Anglois de son antipathie pour elle. »

27. **Fleury** (Abr.-Jos. Bénand, dit), un des meilleurs comédiens du Théâtre-Français.

L. a. s. (à M. Guilleret); 22 mars 1817, 1 p. in-4. Belle lettre.

28. **Genlis** (la comtesse de), célèbre romancière.

L. aut. à Mme Le Monnier; vendredi soir (23 nivôse an XII), 1 p. in-4.

Relative à son édition des *Mémoires de Dangeau*.

29. **Grandménil** (J.-B. Fauchard de), célèbre acteur de la Comédie française, membre de l'Institut.

L. a. s. à Chaudet (le célèbre statuaire); 26 mars. 1 p. in-8.

Il s'excuse de ne pouvoir se rendre à sa gracieuse invitation, car il doit jouer le même jour le *Malade imaginaire*.

30. **Henri de Prusse**, père du grand Frédéric.

L. s. en français, à Baculard d'Arnaud; Reinsberg, 27 oct. 1766, 1 p. 1/4 in-fol.

Belle lettre de félicitations sur le *Comte de Comminge*.

31. **Leconte de Lisle** (Ch.-M.), le célèbre poète.

Manuscrit autographe de sa traduction d'Homère, 526 p. in-4.

Cet important manuscrit est enfermé dans un étui.

32. **Lekain** (Henri-Louis), illustre tragédien.

L. a. s. à M. Feulié, comédien du Roi; 19 mai 1772, 1/2 p. in-4.

Il demande la permission de s'absenter de l'assemblée convoquée pour la distribution des emplois comiques, « Je n'y pourais faire, tout au plus, que la figure du président du *Mariage fait et rompu*, et, en vérité, c'est un sot rôle à jouer... »

33. **Molière** (Élisabeth Béjart), célèbre actrice, femme de l'illustre auteur comique.

Quittance sig., sur vélin; Paris, 30 nov. 1679, 1 p. in-8 oblong.

Quittance donnée comme veuve de Jean-Baptiste Pocquelin, sieur de Molière, « vivant vallet de chambre et tappissier du roy. »

34. **Moreau** (Jean-Michel), dit *le jeune*, célèbre dessinateur et graveur.

L. a. s.; 28 mai 1783, 1 p. in-8.

Relative au portrait de Voltaire, peint par Latour, qu'il doit dessiner pour l'édition de Kehl. Il désire savoir si ce portrait est celui qui est à l'Académie française.

35. **Moreau** (Hégésippe), célèbre et infortuné poète, mort à l'hôpital de la Charité en 1838, à l'âge de 28 ans.

A M. Lebrun. pièce de vers aut. sig., 3 p. 3/4, in-4. *Très-rare*.

Superbe pièce, adressée au poète tragique Lebrun, qu'Hégésippe Moreau confond d'ailleurs avec Écouchard Le Brun, mort avant la naissance d'Hégésippe.

36. **Nicolet** (Jean-Baptiste), le célèbre fondateur du *Théâtre de la Gaîté*.

3 p. s.; 1788-an V, 7 p. in-fol. et 2 p. in-4.

Baux entre lui et des locataires.

37. **Nodier** (Charles), célèbre conteur et écrivain, de l'Acad. fr.

35 l. a. s. au libraire Merlin ; 1826-1831. 35 p. in-4.

Très-intéressante correspondance bibliographique. Plusieurs de ces lettres concernent la vente de la bibliothèque de Nodier.

38. **Piron** (Alexis), célèbre poète dramatique.

Les représailles des animaux, fable, pièce autographe, 6 p. in-4.

39. **Piron** (Alexis).

Epître à M. Voltaire sur sa Henriade, pièce de vers autographe; 1723, 4 p. in-4. Superbe pièce.

40. **Piron** (Alexis).

Lettre du grand Mogol à Mme *Z**** (Tencin) *en luy envoyant pour étrennes une balance en émail où elle étoit représentée seule du côté qui penchoit, et de l'autre Junon, Minerve et Vénus avec leurs attributs ; compliment à la même prononcé par un enfant de son cuisinier qui le luy présentoit pour laqueton. Huitain*, pièce autographe, 4 p. in-4.

41. **Poésies du XVIII**^{e} **siècle.**

Recueil de poésies manuscrites du XVIIIe siècle, formant 3 vol. in-4.

Important recueil pour l'histoire littéraire du XVIIIe siècle.

42. **Quinault** (Jeanne-Françoise), excellente soubrette de la Comédie-Française, amie de Voltaire et de Piron.

L. aut., sig. *la comtesse de Pimpêche* (à Piron); « de nos désagréables déserts de Fontainebleau », 26 avril (1730), 4 p. in-4.

Plaisante épître. — En arrivant à Fontainebleau elle se trouve un procès : son valet, sans la prévenir, lui fait un bail pour un logement. Tous ses équipages y arrivent, et, comme elle ne veut pas l'occuper, on lui retient ses hardes, et elle est obligée de paraître à la cour avec une chemise sale et un bonnet de nuit. On en a beaucoup ri. Ses coffres lui ont été rendus, mais elle n'en est pas moins dans un procès (de là le nom qu'elle prend de *comtesse de Pimpêche*). « Bon jour, dit-elle en terminant, j'ai une joye bien grande à vous écrire et à mettre une chemise blanche. »

43. **Racan** (Honorat de BUEIL, marquis de), célèbre poète.

Inventaire fait après le décès de M. de Racan, décédé rue Princesse, faubourg Saint-Germain, à Paris, pièce originale, certifiée conforme; 19 février 1670, 27 p. in-4.

Curieux document auquel on a joint trois pièces imprimées des créanciers de la succession de Racan.

44. **Raucourt** (Fr.-M.-Ant. SAUCEROTTE, dite), célèbre actrice du Théâtre-Français.

L. a. s. à M... 1 p. in-4. Légères taches.

Curieuse épître où elle lui recommande son cuisinier, qui est un honnête homme et un artiste émérite.

45. **Rousseau** (J.-J.), l'illustre écrivain et philosophe.
L. a. s. à la marquise de Créqui; vendredi (1758). 2 p. 1/2 in-8.

Lettre fort curieuse, écrite après sa rupture avec Mme d'Épinay. Il demande à la marquise la permission de la voir dans la matinée et ajoute cette phrase qui peint le caractère de Rousseau : « Il est vrai aussi que je suis libre; c'est un bonheur dont j'ai voulu goûter avant que de mourir. Quant à la fortune, ce n'eût pas été la peine de philosopher pour apprendre à s'en passer. Je gagnerai ma vie et je serai homme. Il n'y a point de fortune au-dessus de cela. »

46. **Rousseau** (Jean-Jacques).
P. a. s.; 8 janvier 1778, 1 p. in-12, oblong.

Reçu de 300 livres pour l'année échue de la rente viagère que lui sert la veuve Duchesne. (C'est le dernier reçu de cette nature que Rousseau ait donné, car il mourut le 2 juillet suivant.)

47. **Sedaine** (Jos.), célèbre auteur dramatique, de l'Acad. franç.
P. a. s.; Paris, 15 janvier 1786, 1/2 p. in-4.

Cession de son opéra-comique *Richard Cœur-de-Lion* au libraire Brunet, moyennant 600 livres.

48. **Talma** (Fr.-Jos.), illustre tragédien.
L. a. s. à Monseigneur...; Montpellier, 21 mai 1818, 2 p. in-4.

Superbe lettre où il demande qu'on lui accorde huit ou dix jours de congé de plus, sans quoi, pour suffire aux engagements qu'il a contractés à Montpellier et à Nîmes, il sera forcé de se fatiguer extrêmement. Il explique que la Comédie-Française ne souffrirait nullement de ce retard, Mlle Duchesnois n'étant pas encore de retour à Paris : « car avec qui, dit-il, ferai-je ma rentrée? Je n'ai guère de pièces sans elle, et je vous avoue, Monseigneur, qu'il est bien dur pour moi de reparoître aux yeux du public de Paris, entouré à peu près comme je le suis en province!... »

49. **Talma** (François-Joseph).
L. a. s. à M. Julien, 3/4 d. p. in-4. Belle-lettre.

50. **Voisenon** (l'abbé de), célèbre poète, de l'Acad. fr.
L. a. s. (à Baculard d'Arnaud), 1 pet. in-8. Légères taches.

Jolie lettre, où il déclare qu'il *idolâtre* M. de Voltaire.

51. **Voisenon** (l'abbé de).
1° *L'Amitié à l'épreuve, comédie en vers libres en 1 acte,* manuscrit autographe, 39 p. 1/4 in-4. — 2° *L'Amitié à l'é-*

preuve, comédie en vers en 2 actes, meslés d'ariettes, manuscrit autographe, 50 p. in-4.

On a joint à ces deux manuscrits un troisième manuscrit de la même pièce et des notes.

52. **Voltaire** (F.-M. Arouet de).
L. s. v., avec ces mots autographes : *Vi abbraccio teneramente*, au « cygne de Padoue » ; Ferney, 1er mai 1761. 2 p. in-4.

Très-curieuse épître. « Nous prétendons qu'on ne doit point refuser la sépulture à des citoiens qui sont aux gages du Roy ; il est plaisant qu'on enterre le bourreau avec cérémonie et qu'on ait jetté à la voirie Mlle Le Couvreur... Je fais ce que je peux pour rendre les jésuites et les jansénistes ridicules. Dieu bénit quelquefois mes petits soins... »

LETTRES AUTOGRAPHES DE BEAUMARCHAIS ET DOCUMENTS LE CONCERNANT

53. **Beaumarchais** (P.-Aug. Caron de), l'auteur du *Mariage de Figaro*.
L. a. s. à M. Touche (1766). 1 p. in-4.

Relative à la délivrance d'un esclave mulâtre. — On a joint deux pièces sur le même sujet.

54. **Beaumarchais**.
70 lettres à M. Allain, procureur à Tours, dont 24 autographes signées, 2 autographes et 44 seulement signées ; 22 sept. 1767 — 13 mars 1781, environ 200 p. in-4.

Important dossier, tout relatif à l'affaire de la forêt de Chinon, dont Beaumarchais s'était rendu adjudicataire le 1er décembre 1766.

55. **Beaumarchais**.
P. s. par les maréchaux de *Tonnerre*, de *Richelieu* et de *Biron;* Paris, 22 mars 1773, 4 p. 1/4 in-fol.

Très-curieux document. C'est l'arrêt du tribunal des Maréchaux de France sur le différend survenu entre le duc de Chaulnes et Beaumarchais.

56. **Beaumarchais**.
L. a. s. ; Paris, 1er juillet 1779. 3 p. in-4. Rognée dans le bas.

Relative à des soldats de la légion du prince de Nassau incorporés dans les troupes du Roi.

57. **Beaumarchais.**
L. s., avec la souscription autographe, à M. de la Ferté; Paris, 15 janvier 1780, 2 p. 3/4 in-4.

Relative à la délibération prise par les comédiens français à l'égard des auteurs dramatiques.

58. **Beaumarchais.**
Minute de lettre aut. sig. à MM. de la chambre du commerce; Paris, 28 mai 1782, 2 p. in-4.

Curieuse épître signée *Caron de Beaumarchais, armateur.* Il demande qu'on ouvre une souscription pour offrir un vaisseau de ligne au Roi et s'inscrit pour cent louis.

59. **Beaumarchais.**
L. a. s. à PRÉVILLE; 4 juin 1783, 1 p. in-4.

Superbe lettre de félicitations. « Vous êtes, mon ami, l'honneur de la scène françoise, et je me félicitois d'avoir été assez heureux pour faire un rôle aussi parfaitement rendu. Je vous salue, grand comédien !... »

60. **Beaumarchais.**
13 lettres autographes, la plupart signées à M. Gomel; 1783-an VI, 15 p. in-4 ou in-8.

Correspondance commerciale et intime.

61. **Beaumarchais.**
L. a. s. (à M. de l'Etang); 22 juin 1787, 1/2 p. in-8. Jolie pièce.

62. **Beaumarchais.**
L. a. s. à Perregaux; Paris, 20 déc. 1787, 1 p. pl. in-4.

Belle lettre relative à l'affaire Cantini.

63. **Beaumarchais.**
L. a. s.; 16 janv. 1788. 1/2 p. in-4.

Belle lettre. « Je souffre, les années s'écoulent, et nulle justice ne s'achève... »

64. **Beaumarchais.**
L. a. s. à Mme Panckoucke; Londres, 25 janv. 1792, 3 p. in-4.

Très-intéressante épitre. — Il est retenu prisonnier à Londres pour une dette de 10,000 livres sterling, sans quoi il irait à Paris réclamer justice. Il parle ensuite de Roland dont il a lu les sages lettres, et annonce qu'il prépare un mémoire pour « bien prouver, dit-il, l'infamie qu'on me fait en France ».

65. **Beaumarchais.**
1° 2 l. a. s. à Perregaux; Paris, 10 nivôse an V, 3 p. in-8. — 2° L. s. à M. Duportail; Paris, 30 nov. 1791, 2 p.

3/4. in-4. — 3° L. a. s. de *Robert Lindet* à Beaumarchais; 17 mai 1793, 1/2 p. in-4. — 4° 11 pièces diverses.

Intéressant dossier tout relatif à la fameuse affaire des fusils.

66. *Beaumarchais.

P. s. par *Lenfant*, *Duffort* et *Panis*; Paris, 23 août 1792, 1 p. in-4, vig., tête impr. et cachet de la municipalité de Paris.

Ordre au concierge des prisons de l'Abbaye de recevoir le sieur Caron de Beaumarchais. — La pièce porte ce curieux *post-scriptum :* « Nous recommandons particulièrement M. de Beaumarchais à M. Delavaquerie ; il peut lui donner plume et encre et papier et le reste. »

67. **Beaumarchais.**

7 lettres autographes, dont 3 signées, à Perregaux ; 1793-96, 8 p. in-4 ou in-8.

Correspondance intime, écrite pendant son émigration. — On y a joint une liasse de lettres de Perregaux.

68. **Beaumarchais.**

L. a. s. à Perregaux; 10 juin 1796, 1 p. in-4.

Curieuse épître sur sa radiation de la liste des émigrés. « O mes amis ! ô mon pays ! Je vous reverrai donc encore ! Je sens trop qu'à ce prix je puis oublier le malheur, pardonner l'injustice, ouvrir mon cœur si flétri à l'espoir de quelque bonheur ! »

69. **Beaumarchais.**

L. a. s. au ministre Ramel; 23 floréal an VI, 1 p. 1/2 in-4.

Intéressante lettre où il sollicite une entrevue. Piquants détails.

70. **Beaumarchais.**

L. a. s. au ministre Ramel ; 14 frimaire an VII, 1 p. 1/4 in-fol.

Il réclame la restitution de titres et de papiers qui lui appartiennent.

71. **Beaumarchais.**

1° P. s. ; Paris, 29 sept. 1776, 1 p. 3/4 in-fol. Fortement rognée. — 2° Billet autographe; (1779), 1/2 pet. in-4. — 3° L. aut., à la 3e personne, à M. Martin Dauzé; 2 oct. 1798, 1 p. in-8. — 4° L. aut. à Panckoucke; ce samedi, 1 p. 1/2 in-8. — 5° L. s. à MM. du district de Sainte-Marguerite (1789), 2 p. in-4. Déchirure enlevant plusieurs mots.

73. **Beaumarchais** (Marie-Thérèse-Émilie Willermawlar), femme du précédent.

50 lettres autographes à MM. Perregaux et Gomel ; 1786-1809, environ 100 pages in-8.

Correspondance intime pleine de détails intéressants.

74. **Beaumarchais** (Marie-Thérèse-Émilie).
P. s. sig. aussi par *Vestris*, *Nivelon*, *Rochefort*, *Gardel*, etc.; Paris, 5e jour complémentaire an III, 3 p. in-4.

Traité avec le comité administratif de l'Opéra pour une reprise de *Tarare*.

75. **Préville** (Pierre-Louis Dubus, dit), un des plus célèbres comédiens du XVIIIe siècle.
L. a. s. à Beaumarchais; 21 mai 1781, 1 p. pl. in-4.

Jolie lettre où il s'excuse de ne pouvoir se rendre au rendez-vous qu'il lui a donné.

76. **Montgolfier** (Jacques-Étienne), un des inventeurs des aérostats.
L. a. s. à Beaumarchais; Annonay, 27 avril 1783, 1 p. 1/2 in-4.

Envoi de rames de papier pour l'édition de Voltaire.

77. **Gudin de la Brenellerie** (P.-Ph.), littérateur, ami intime de Beaumarchais, dont il publia les *Œuvres*.
L. a. s. à Arnault; Paris, 15 germinal an IX, 2 p. in-4.

Curieuse épître d'envoi de son poème de *la Napliade*, que Beaumarchais aimait. Détails sur son ami.

78. Sous ce numéro on vendra en lots quelques pièces que le temps n'a pas permis de cataloguer.

TABLE DES DIVISIONS

Paris. — Typ. G. Chamerot, 19, rue des Saints-Pères, 19. — 10512.

www.ingramcontent.com/pod-product-compliance
Ingram Content Group UK Ltd.
Pitfield, Milton Keynes, MK11 3LW, UK
UKHW020335180726
13839UKWH00002B/723